Por trás daquela foto

HUMBERTO WERNECK • PEDRO VASQUEZ • MOACYR SCLIAR
LILIA MORITZ SCHWARCZ • ARTHUR NESTROVSKI
REGINALDO PRANDI • ALBERTO MARTINS • NINA HORTA

Por trás daquela foto

Contos e ensaios a partir de imagens

ORGANIZAÇÃO
Lilia Moritz Schwarcz e Thyago Nogueira

Companhia Das Letras

Grafia atualizada segundo o Acordo Ortográfico da Língua Portuguesa de 1990, que entrou em vigor no Brasil em 2009.

Projeto gráfico
Flávia Castanheira

Foto de capa
© Destinations/ Corbis (DC)/ LatinStock

Preparação
Leny Cordeiro

Revisão
Arlete Zebber
Marina Nogueira

Dados Internacionais de Catalogação na Publicação (CIP)
(Câmara Brasileira do Livro, SP, Brasil)

Por trás daquela foto: contos e ensaios a partir de imagens/ organização Lilia Moritz Schwarcz e Thyago Nogueira. – São Paulo: Companhia das Letras, 2011.

Vários autores.
ISBN 978-85-359-1891-5

1. Contos – Coletâneas – Literatura 2. Fotografias
I. Schwarcz, Lilia Moritz. II. Nogueira, Thyago.

11-05381 CDD – 808.83

Índice para catálogo sistemático:
1. Contos: Coletâneas: Literatura 808.83

1ª reimpressão

[2014]

EDITORA SCHWARCZ S.A.
Rua Bandeira Paulista 702 cj. 32
04532-002 — São Paulo — SP
Telefone (11) 3707-3500
Fax (11) 3707-3501
www.companhiadasletras.com.br
www.blogdacompanhia.com.br

APRESENTAÇÃO

Se você resolveu ler esta apresentação, presume-se que tenha algum interesse por fotografia. Talvez possua uma câmera própria ou um celular no bolso ou na bolsa, capaz de tirar fotos de alguns punhados de megapixels, para registrar um aniversário, uma viagem, uma comemoração com os amigos ou apenas uma paisagem. Só isso já faz de você um fotógrafo, mesmo que do tipo amador.

Mas este não é um livro sobre o ato de tirar fotografias, sobre os tique-taques das câmeras nem sobre as decisões estéticas que é preciso tomar quando se aperta o botão. O foco deste livro está em outro instante, um pouco adiante no tempo, depois que todas essas decisões já foram tomadas e você se depara com a profusão de imagens digitais e analógicas que circulam por aí. Imagens contemporâneas ou mesmo feitas no século retrasado, como os daguerreótipos, ambrótipos e ferrótipos, que hoje parecem desbotados e tremidos.

Este é um livro que pretende ensinar a ver — e, por que não, a ler — fotografias, sejam elas documentos históricos, retratos de família, cenas consagradas ou mesmo fotos anônimas encontradas ao acaso. A ideia é abrir as portas e janelas da imagem: bisbilhotar os detalhes, perscrutar os cantos e investigar cada grão, atrás de pistas que conduzam a outras pistas, de sinais que levem a mais sinais, de histórias que remetam a outras histórias, e que, uma vez narradas, falem do que se vê e do que não se vê, aprofundem o que sabemos de fotografia mas também se aventurem em outros campos do conhecimento.

A fotografia é como o buraco ou o espelho de Alice: a porta de um mundo de maravilhas a um só tempo estranhas e familiares, visíveis e imprevisíveis. Quando erguida entre os dedos, pode dar a impressão de ser apenas uma fatia congelada da realidade — realidade que muitas vezes parece ter perdido seu sentido ou ganhado outros. Mas, investigada com minúcia e engenho, a imagem é capaz de nos conduzir por caminhos que se bifurcam, tão ricos e profícuos quanto maior a sensibilidade de quem a observa.

Foi pensando nisso que convidamos oito pessoas das mais variadas formações para escolher uma imagem e saltar no buraco de Alice. Médico ou poeta, músico ou professor, fotógrafo ou jornalista, não importava, contanto que trouxessem boas histórias e mostrassem que não há regras nem limites para especular sobre a imagem fotográfica.

Mais que uma ilustração ou reflexo literal de seu momento, as fotografias são grandes produtoras de conceitos, modas ou culturas. É assim que a foto de uma roda de samba dos anos 40 dá origem a um ensaio sobre o surgimento da arte brasileira moderna e o nosso passado escravista. Ou que um antigo cartão-postal fotográfico costura a história de amizade de dois dos maiores gênios da medicina brasileira. A foto de uma garota num ritual de candomblé expõe o preconceito que até hoje ronda as religiões afro-brasileiras, enquanto d. Pedro II nos ensina que a manipulação fotográfica era fonte de diversão e de reflexão política dezenas de anos antes da invenção dos computadores. Uma foto do arquipélago de Alcatrazes inspira um mergulho poético em torno da ciência e da natureza, enquanto a imagem de um cemitério prestes a ser soterrado reaviva uma grande parceria do fotojornalismo brasileiro. A vista de um ponto turístico carioca é o pontapé de uma viagem pela história do Rio de Janeiro e de outras paragens, e a cozinha que se insinua na foto de um gato alerta é o mote de um conto sobre a estranha relação entre uma moça e um homem mais velho.

As páginas que seguem são a prova de que qualquer fotografia guarda atrás de si um sem-número de narrativas e interpretações. São também a suspeita de que o que separa a descoberta da invenção, a história da literatura, a imagem de seu reflexo invertido no espelho, é apenas uma película delicada, sempre pronta a ser atravessada por quem veste as antenas da inteligência e da imaginação.

Os organizadores.

Fotografia de Bob Wolfenson

É sempre feriado nacional...

Nina Horta

Trabalho no bufê há uns quatro anos mais ou menos, nem sei direito, desde os meus quinze anos, e sempre saio às cinco horas quando não tem festa. Passo pelo velho todo dia para tomar o ônibus no largo de Pinheiros, justamente na hora em que ele abre a porta. É uma garagem, bem pertinho daqui, que ao abrir faz soar com estrondo aqueles rolos de metal. O velho é um homem forte, gordo mas socado, pernas cheias de varizes, usa sandálias de couro, short comprido cinzento e camiseta cavada, sem manga. Fico fascinada com seus cabelos fartos, anelados, prateados. De perfil é até bonito, parece aqueles imperadores romanos de livros de história, mas as poucas vezes em que olha para o meu lado, distraído, acho que tem os olhos redondos demais, e se está mastigando é tal e qual um boi. Não é feio. Grande, forte, grudado no chão.

Põe sua cadeira num canto, metade na garagem, metade na calçada, e abre uma mesa para quem possa aparecer. Como se quisesse dizer que está em casa, no bar e na rua, ao mesmo tempo. De verdade, é só isso que sei.

Tem um balcão, acho que com umas três garrafas, algumas moscas, não mais que meia dúzia de copos. Senta ali todos os dias só para beber e ouvir conversas. Nunca vi o homem falando. Todos os dias a mesma coisa. Acho que é para tomar a fresca, uma pinga e uma cerveja, jogar dominó, poder escarrar e tossir uma tosse das profundezas como um vulcão ativo. Primeiro era só ele, eu passava devagarzinho e ficava olhando com o rabo do olho, mas depois foi chegando gente, um sujeito aqui, outro ali, eu nem chamaria de amigos, qualquer um com sede. E arranjaram mais uma mesa e cadeiras. Com o tempo foi tomando forma de bar. Alguém fazia uns petiscos e passava da cozinha por um buraco na parede. Muitas vezes tive vontade de parar, sentar e tomar uma coca-cola, mas não ficaria bem, nunca vi nada tão clube do bolinha como aquela garagem que virou um bar.

Foi o modo que ele arranjou para se comunicar com outros e fugir da vida chata da casa, depois de aposentado. Recebe homens, como ele, que conversam sobre mulheres e futebol. O peito ronca, ele tosse, pigarreia, estica as pernas, mas consegue conviver com alguém. Contam umas anedotas cafajestes e falam uns palavrões em dia de jogo, pelo menos é o que percebi em restos de palavras e risadas. Lá dentro deve ter uma mulher que adorou aquele botequim que a afasta dos pigarros, das cusparadas, do jogo na TV, da conversa pouca, dos pés sujos na cozinha impecável com toalhinha de crochê. De verdade, essa parte da mulher estou imaginando, inventando história, faço isso demais, adoro. Está para nascer outra inventadeira de vida dos outros como eu. Tem um gato preto, lambido de branco, cruz-credo, daqueles gatos de rua, que vivem pelas beiradas, pelos muros, e só chegam perto para filar uma sardinha. Quando viro a esquina vejo o gato sobre o muro que dá para o campinho de futebol. De vez em quando se embaraça nas pernas do velho, mas vive mesmo é pelos telhados.

Me mandaram embora do bufê. Assim, meio à toa, delicadamente, fingindo que quem queria ir embora era eu. A encarregada falou com voz melosa como se me adorasse, como se eu fosse a melhor funcionária da firma. "Aqui não tem espaço para você crescer, você é inteligente, cheia de possibilidades."

"Mas... então, por quê?"

"Resolveram arranjar sangue novo, sabe como é, os cozinheiros que entram querem ter sua própria equipe." Enrolou mais um pouco, mas nem prestei muita atenção, já com a cabeça no que iria fazer. Me abraçou e desejou felicidades, puta que o pariu: "A casa vai estar sempre aberta para você, apareça, vamos sentir saudades, mas sabe como é...".

Tô sabendo mesmo, faz tempo. Primeiro é não deixar ninguém com mais de cinco anos de casa, por causa dos "dereitos", como eles falam que nós falamos. Nunca sei de que lado sou. Meia patroa, meia empregada, segurando as pontas. Isso foi coisa do gerente novo. Nem conhecem a gente, pensam que conhecem e ficam inventando moda pra mostrar serviço. Odeiam as empregadas, porque não gostam de mulheres, porque têm medo de inteligência, de boniteza, de educação, de escola, mesmo. Odeiam segundo grau. Odeiam gente que lê. Toda a raiva deles vai para quem pode vir a ser gerente, como eles. Tem sempre um babaca que entra pensando que é o maior e que vai cozinhar para o presidente da República e ficar famoso só porque saiu de uma faculdade de culinária. E põe aquela florzinha de tomate no arroz e cruzes. Vai ficar famoso só se der um tiro na boca do presidente, é o que penso, mas nem digo. Falei foi: "Parece que tem vaga no bufê das meninas. Quem sabe elas me pegam para trabalho de escritório". Só para implicar. Elas trabalhavam aqui, deu briga, saíram e montaram outro bufê nesta mesma rua, Costa Carvalho. Nunca conversei sobre esse assunto com as patroas, que são duas, mas sei tudinho que aconteceu. Na cozinha ficamos sabendo de absolutamente tudo que escondem de nós. Todos adoram contar os segredos dos outros, desde o motorista e as empregadas das casas, até a secretária mais importante, sem contar as copeiras que andam de casa em casa dos clientes. Valia mais imprimir os lucros de cada festa, o salário de cada um, as fofocas, quem é que entrou, por que saiu, e grudar na porta, ficaria bem mais às claras e sem saia justa. Mas, no dia em que me meti num papo com uma das patroas, conversando sem fingimento com ela, como se fosse com outra empregada, ela foi ficando mais branca do que já era. Começando com o nosso pessoal da cozinha, mesmo. O Milton que não gostava da Sueli, pôs o retrato dela no cemitério, deu a maior briga e foi por isso que ele espetou uma faca enorme na bunda da moça, o que nem doeu muito por causa dos cento e setenta quilos dela, mas ela deu parte na polícia. E a menininha nova que foi voltando para casa com o noivo e pimba, um tiro na cabeça do noivo e ela se danou a correr, e voltou para o interior. Ninguém mais conseguiu fazer um charutinho de uva igual ao dela, levou o segredo para Penápolis. E tinha o motorista que ia abrindo a camisa no peito cabeludo à medida que o mês passava, a Nalva dizia que ele ficava no cio e, se alguém não prestasse atenção, acabava o mês nu. E quando avisaram que o filho dele foi morto, se conformou na hora, disse que o menino era das drogas e que mais dia menos dia iria acabar assim. Só que naquele dia fechou a camisa.

Ai, ai, ai, me distraí.

É, passei mesmo a porta do bufê das meninas, pelo menos não vi nome nenhum, mas de repente me deu outra ideia. E se pedisse emprego no velho das varizes, talvez ele aceitasse, e quem sabe eu poderia dormir lá, o quarto que alugo no Embu vai ficar mais caro ainda e passo metade da vida dentro de um ônibus. Nem estou me queixando, não, o ônibus é meu divertimento, não tem patrão, namorado ou marido pra ficar te dando serviço, as caras variam, outras não, você encontra sempre e até faz amizade. Vou parar no velho, não tenho nada a perder.

Fiquei lá direto. Só fui no domingo pegar minha roupa em casa e voltei. Naquele dia que cheguei nem tinha nenhum cliente, o velho me fez sentar no banquinho e começou:

"Quer uma cerveja?", com voz forte e decidida. Fala pouco, mas fala grosso.

"Não bebo, não senhor." Percebi que não estava bêbado, também era muito cedo.

"Tem pai e mãe, parente, é casada?"

Respondi meio sobressaltada: "Tenho não senhor, sou sozinha". Tive um pouco de medo dele, mas foi passando. Poxa, o homem queria saber tudo ao mesmo tempo, eu nem preparada estava. Eu, hein. Nem tinha pensado no meu currículo. Ah, ah. Eu é que arquivava os currículos no bufê e entendia do assunto. Quanto maior o currículo, maior a incompetência. Juro. Sabe aqueles que escrevem "uma hora de aula de confeitaria na Tiuma Cavezzi", como se fosse *a* coisa mais importante do mundo? Não vai saber fazer nada, pode arquivar. Ou quando começam a contar como enfeitam os pratos com cebolinha verde e violetas, esquece. Tem mesmo é que ter força para enfiar trinta pernis nos fornos quentes. Violetinha... Vamos combinar. Cozinha é uma coisa que precisa ter coragem, se jogar, senão não aprende nunca.

O velho se chamava Crioulo, branco como a neve, e é claro que eu não iria chamá-lo de Crioulo nunca. Seu Crioulo? Também, não. Ele me olhou um tempo, pesando os prós e os contras. Ganharam os prós ou ele estava a perigo, mesmo. Lá dentro era uma sala com mesinha redonda de jantar e um sofá com a TV na frente. Um quarto com uma cama e cômoda. Banheirinho e cozinha. Para mim, um puxado lá fora, com um toldo engraçado, quarto sem janela, um depósito na verdade, mas eu podia deixar a porta aberta se não tivesse medo nem de gato nem de ladrão nem de galinha. Nem de ladrão de galinha. Galinha tinha duas, a vizinha me contou depois que foi aniversário do filho, ela fez festa com bolo, tudo enfeitado com ovos pintados, e deu de lembrança dois pintinhos para cada criança, só que a maioria das mães não deixou o filho levar, que era judiação, que iam deixar os pobrezinhos morrerem, e ela micou com um galinheiro inteiro. E que aquelas duas ela deu pro velho, ele nem agradeceu e deixou lá para o que desse e viesse, mas sobreviveram bem, viviam como amigas o dia inteiro, ciscando de tudo um pouco. Botavam ovo, cacarejavam. E de tardezinha faziam um barulho gostoso, quase como pombos, gruuu, gruuu, dava vontade de dormir com elas.

O serviço que eu tinha era levantar de manhã, comprar o pão, fazer o café, botar na mesa com a margarina, e dar uma boa limpeza na garagem, ou no bar. Coisa fácil, não sujava quase nada e eu deixava tudo brilhando. Depois que ele abria a porta do bar, era ficar de olho se aparecia algum cliente, e se aparecia eu fazia cara de você-quer-alguma-coisa, ou até perguntava você quer alguma coisa. Às vezes pediam um sanduíche de mortadela, outras, de queijo, eu arrumava direitinho, cortava no meio, enviesado, o pão estalava e soltava umas cascas que eu limpava, punha um guardanapo de papel num pratinho branco e passava pelo buraco da sala. Quem cobrava era ele, mas não tinha máquina, nada, era uma caixa com tampa, um cofre de papelão que ele guardava na gaveta da cômoda e de vez em quando me dava dinheiro de lá para alguma coisa. E todas essas coisas bobas eram a vida, eram um todo, um zonzobom. Só sentia um pouco de saudade do computador. É que na Costa Carvalho não tem lan house.

A minha mania virou limpar. Limpar com maiúscula. Limpava até o teto. Ele começou a gostar de mim. No começo parecia até mudo, aquele homem devia guardar uma coisa estranha qualquer dentro dele que só queria esconder com aquela cachaça toda.

"Oi, Maricota, dormiu bem?"

"Parabéns, Maria, o frango parecia o da minha mãe."

"Vamos cimentar esse estômago antes da pinguinha!"

Gostava de comida igual à que eu fazia para a "criadagem", como dizia a Deinha. Acho que ela assistiu uma novela das seis em que os empregados eram chamados de "criadagem" e adotou. Tudo tão fácil de fazer depois daqueles anos no bufê cozinhando até para mil pessoas. Ajudando, é claro, mas comida de mil não é brincadeira, sobra muito serviço pra todo mundo. E quando não tinha serviço eu ia para o computador digitar aqueles cardápios que eram de rolar de rir com os nomes mais esdrúxulos para aquelas coisas simples da cozinha. Ah, de matar de rir. Quero só ver eles arranjarem alguém que goste de cozinhar e que saiba escrever ao mesmo tempo. E que ainda ri! Vão penar.

Passei a ver a novela das oito, ele só entrava lá pelas dez, a não ser na quarta quando tinha futebol, que até o gato assistia lá no bar, com os dois ou três clientes que apareciam. Era o dia mais feliz da vida dele.

Tentei ir à igreja, procurei, tinha uma na Costa Carvalho mesmo, sem nome, subi num caixote do lado de fora antes de entrar, olhei pela janelinha e era só japonês, um mundaréu de japonês, achei que uma evangélica iria dar mais certo. Não que simpatizasse com a evangélica, as copeiras que serviam o bufê eram quase todas evangélicas e eram de torrar. Chatas que dói.

Fui a uma igreja católica na esquina da rua do bufê, uma que já é no Alto de Pinheiros, fui lá umas vezes, o padre tem seis cachorros que ficam com ele na missa, vestidos, é essa palavra mesmo, vestidos pelas beatas, um dia de roxo, outro de amarelo, com a mesma cor e pano da roupa do padre, nunca vi coisa mais ridícula, aqueles cachorros de roupa se coçando na hora da comunhão. Por mim ficaria lá por causa da comunhão, gosto de comunhão. Tem aquele momento em que todos se dão as mãos, mesmo os que não se conhecem se cumprimentam com uma cara ótima, tem uns que andam três filas para trás e três para a frente para se cumprimentar e se abraçar. Naquele mesmo dia choveu na saída da igreja, muito, e tinha alguém para dar uma carona para alguém? Ou pelo menos perguntar? Achei que aquela cumprimentação toda era fingida e enjoei, também não tinha ninguém parecido comigo, um povo mais rico, achei, não ia dar certo. E além de tudo igreja católica tem muito anjo, anjo da guarda, me dá um pouco de medo ter um anjo nas minhas costas. Meio filme de terror. E fico muito intrigada com os santos com aquelas roupas antigas e imaginando que hoje não deve ter ninguém santo porque só os de roupa comprida ficam na igreja; os de terno, chapéu, bigode, minissaia, rabo de cavalo não existem. E seria engraçado rezar para uma santa de minissaia, não se daria ao respeito. Não sei, precisava ganhar a fé embrulhada de presente, sou meio confusa nesse assunto. Por isso eu gostava do serviço do bufê, tinha muito tempo para pensar descascando sacos de batata, picando centenas de pepinos, e nas festas, dobrando guardanapos. Não tem nada mais calmante que dobrar guardanapo, o mundo pode cair que ninguém está nem aí.

O meu velho não me dá trabalho. Vive para dormir, acordar, beber, ter ressaca, dormir, acordar, beber. Quase não fala.

E quando eu já tinha me acostumado com o meu velho, com a casa, com o bar, com as galinhas, o gato, e até assistia jogo de futebol no campinho sentada no muro com as pernas para o lado de lá, torcendo e chupando laranja, não é que o velho me morre? Me morre, é o jeito certo de falar. Tinha que fazer isso comigo? Bem comigo? Que já sou meio esquisita, não sei de que lado estou, desorientada, bem perdida mesmo. Não acredito. Por que o homem vive aquele tempo todo para morrer bem na minha hora, bem quando eu tinha me acostumado a ele? Por que ele me morre sem aviso? Por que acabar com minha alegria? De novo? O caso é que ficou fazendo parte de mim, como um filho, porque além de velho era fraco, era bêbado, era doente, precisava de pouca coisa, e esta coisa era eu, eu sei, sentia nos ossos.

E daí quando acabou tudo (vou evitar os detalhes), o dono da casa não me deixou ficar, é claro. "Vou manter a casa fechada para vender junto com o campinho, mas se a menina quiser pode ficar um tempo na edícula, que ainda lhe dou uns trocados." Eu disse que sim na hora, arrastei um pouco dos trens que deixaram na casa para fora. Já tinha um toldo antigo de uma lojinha de comida de cachorro, e uma pia, porca miséria de pia. Fui amolecendo por dentro. Tipo dissolvendo como açúcar, virando caramelo, caramelo que virava poltrona, cadeira de plástico, largada, zumbindo. Comprava pão com sacrifício (a caixa de sapato com o dinheiro do meu velho ficou comigo). Misturava o dia com a noite, não tinha vontade de nada, de tomar banho, de pentear cabelo, de varrer o quintalzinho, de fazer uma comida só para mim. Desanimei mesmo da vida. Os parafusos bambearam. Foi tudo amontoando, virei mulher sem teto, de rua, apesar de ter teto, teto caindo, mas teto. Perdi a graça, ou o mundo perdeu, como é que eu poderia adivinhar que tinha absorvido aquele velho cheio de barulhos e tosses e espirros e roncos? Como foi que ele entrou escondido por meu sangue adentro? Como é que aquela massa de homem gordo e forte coube dentro de mim, eu, magrela de perna de saracura? É claro que entrou e transbordou para todos os lados, agora não consigo mais nadar para fora deste poço que é o velho bêbado de olhos de boi ou de vaca.

Fiquei um tempão largada lá, suja, nossas roupas comuns dependuradas, mas sem pisar nos astros distraída, e sim vomitando de vez em quando, sem ninguém pra me ajudar a sair daquela. A vizinha vendeu a casa para uma butique de sapatos e virei lixo enfurnada naquele fundo de quintal. Acho que lá ia morrendo mesmo, o gato cada vez mais arisco, a sujeira cobrindo o quintal, muito barulho de carro e de ônibus lá fora que o chão até tremia. Queria que acontecesse alguma coisa, que caísse um raio do céu, um tiro de bangue-bangue, até o anjo da guarda eu topava, alguma coisa que me sacudisse, que conseguisse arrancar o velho de dentro de mim, como o dentista arranca um dente dolorido.

Numa tarde em que entrava um friozinho pela porta, ouvi a conversa das galinhas. De manhã uma delas cacarejara altíssimo, tresloucada, sacolejou o quarteirão anunciando um ovo. Nem me mexi, mas agora, a tarde caindo, falavam baixinho no escuro das penas, inchavam o peito, passavam calor uma para a outra, eram bichos muito reconfortantes, gorduchas por inteiro, mães. Levantei meio cegueta e tonta e fui lá ver as meninas, cheguei perto e senti o cheiro do ninho, o cheiro do ovo. Procurei, não era um ovo, eram três, num ninho fabricado por elas, acho tão lindo elas saberem tecer sua casa em qualquer lugar do mundo. Galinha não se aperta, vai e faz o ninho para o ovo. Peguei só um na mão, voltei e deitei de novo, muito fraca, o ovo na mão, de olhos fechados. O ovo foi esquentando, me passando vida, conforto, segurança, esperança alegre, subiu pelo meu braço, se aninhou no meu peito, escorregou para o umbigo, desceu devagar pelo meio das pernas, um ovo de galinha é quase um milagre, vale mais que uma missa, que uma cantoria de freiras ou de padres. Um ovo é um ovo. Minha cabeça foi desanuviando devagar. No corpo de uma pessoa não cabe um velho e um ovo. É um ou outro. E ficou o ovo, quase redondo, morno, terno de amor por mim. Eu também amo o ovo. A ave vê o ovo. Eva vê o ovo. As cartilhas sabem das coisas.

Levantei, arrumei ele no meio da cama, se a galinha quisesse podia vir se aninhar aqui. Abri a mochila, peguei o espelhinho redondo com uma santa Teresinha atrás carregando um monte de rosas. Achei o batom alaranjado da Natura, passei com cuidado para a boca ficar bem cheia, apertei um lábio contra o outro, vesti minha minissaia jeans e o bustiê de preguinha. Nem dei "ciao" para o gato. Me sentia leve como no tempo em que era feliz. Saí andando batendo a sandália havaiana na calçada, plá, plá, e fui indo na direção do restaurante novo que tinha aberto ainda quando eu estava no bufê. Era o Da Silvinha, eu conhecia a Silvinha, amiga da minha ex-patroa. E a comida lá era boa, ia trabalhar e encher a barriga. Pelo jeito esta rua me basta, como o bar bastava ao velho. Posso viver nela quantas vidas quiser. Vou nessa, fui.

Canoa Quebrada, Ceará, setembro de 1980. Fotografia de Paulo Leite

Chão sepulto

Humberto Werneck

Mortos ao ar-livre, que eram,
hoje à terra-livre estão.
São tão da terra que a terra
nem sente sua intrusão.

João Cabral de Melo Neto

Você cruza na rua com alguém ou com alguma coisa muito interessante, e, distraído, até registra o achado, um tanto inconscientemente, mas não se detém, segue em frente — e então, uns metros adiante, meio no susto, dá uma freada, gira a cabeça, arrisca-se a um torcicolo para reparar melhor no que passou. Pois bem, foi algo assim que me aconteceu na primeira vez que vi essa foto de Paulo Leite, feita em Canoa Quebrada, no litoral do Ceará, no tempo em que o turismo ainda não havia descoberto aquele paraíso.

Na verdade, apenas entrevi a foto. Havia muitas outras do Paulo, todas dignas de uma escala demorada; mas o meu olho, às vezes tão desatento, bateu na imagem, percorreu-a sumariamente de uma ponta a outra, saltou para as seguintes, nas quais também não se deteve — e foi aí, com uns segundos de atraso, que em alguma parte da minha mente se acendeu a luz, mandando rebobinar o olhar e retroceder àquela imagem lá atrás, em que um cemitério ardia ao sol num areal à beira-mar.

Experimentei então um misto de encantamento e vergonha, aquele sentimento que se instala em nós quando, com atraso, descobrimos o óbvio em algo que estava ali, bem debaixo dos nossos olhos: como é que eu tinha sido capaz de passar por aquela foto sem lhe dedicar mais que uma fraçãozinha de meu tempo?

E o curioso, naquela momentânea distração, é que sou muito ligado a imagens de cemitérios: amador, andei fotografando dezenas deles em vários cantos do mundo, frequentemente em busca de coisas bizarras. (Me lembro de ter clicado no cemitério de Highgate, em Londres, o túmulo de um pianista que era... um piano de mármore branco! Ou, no cemitério de Montparnasse, em Paris, a sepultura de um enxadrista em forma de tabuleiro de xadrez. Ou, ainda, no Père Lachaise, também em Paris, uma espectral figura de bronze, verde de tanto azinhavre, que põe um pé para fora da tumba, numa prefiguração macabra do Juízo Final.) E no entanto a foto de Paulo Leite, mostrando o cemitério de Canoa Quebrada, por um momento me passou despercebida.

Talvez porque na primeira olhada o lugar nem parecesse um cemitério. De fato, não tinha muros, essas molduras de tijolo ou pedra em que os vivos tentam engaiolar a morte, por medo dela ou para distingui-la bem da vida que persiste em torno. Pensei no cemitério da Consolação, não longe de minha casa, em São Paulo, cujos muros têm no alto um colar de agressivos “ouriços”, aquela hedionda serpentina de espinhos metálicos que, pensando bem, talvez não tenham sido postos ali apenas para impedir que alguém salte lá dentro e profane os túmulos: será que aquela cerca farpada não está ali também, ou sobretudo, para impedir que os mortos, ou a lembrança deles, saltem o muro e venham assombrar os vivos?

Agora repare nessa foto do Paulo Leite, na ausência de limites e barreiras: aqui a vida e a morte como que convivem. Pode ser que a prefeitura local não tenha recursos para cercar o cemitério; pode ser. Mas me ocorre também que numa região como o Nordeste brasileiro a morte é algo tão incorporado à vida — pois morre-se tanto e tão cedo, muito mais que nas regiões ricas do país — que cercas não fariam sentido.

Olhando a foto, bateu em mim outra impressão igualmente forte, a de que naquele cemitério de Canoa Quebrada não se enterram apenas os mortos: é o próprio cemitério que aos poucos vai se enterrando, pela ação do vento, que o tempo todo arranca areia da praia e a faz cair sobre o continente, formando dunas que sepultam o que encontram no caminho. Se você acha que exagero, preste atenção na cruz que está no primeiro plano, já com areia pelo pescoço. Quantas iguais não terão sido sufocadas pelo areal? Mesmo esses dois túmulos de alvenaria, que de repente me fazem pensar em berços — berços de nascer e de morrer —, vão sendo lentamente tragados.

Há mais o que ver nessa imagem: o mesmo vento que promove o aterramento e encrespa o chão por certo desfolhou uma, duas, três, quatro coroas de flores penduradas nos ombros das cruzes, e delas só restou — por quanto tempo ainda? — o aro de metal, impiedosamente açoitado pela areia e implacavelmente roído pela maresia. Pode ter sido o vento que arrancou a trave horizontal de quatro cruzes plantadas no lado direito da imagem; ou será que nesses túmulos nunca houve cruz, mas somente isso mesmo que se vê, uma simples estaca meio retorcida, trazida direto da mata para assinalar o último pouso de quem em vida não teve fé cristã?

Sejam quais forem as histórias por trás dessa paisagem rarefeita, é difícil não imaginar, com aflição, que no cemitério de Canoa Quebrada o tempo e o vento conspiram para sepultar as sepulturas, e que em breve já ninguém saberá da morte que jaz sob o areal.

Esmiúço longamente a foto, e então me dá vontade de saber mais sobre ela, sobre a história dessa imagem, e para isso vou falar com quem a fez. No ofício há muitas décadas, o carioca Paulo Leite não é apenas um experiente repórter fotográfico, com passagem destacada por publicações como a extinta revista semanal *Manchete*, que marcou época na vida dos brasileiros, e jornais como *O Estado de S. Paulo*, *Folha de S.Paulo* e *Jornal da Tarde*. Para além de profissional competente, trata-se de um artista — de uma arte que não se faz apenas na franja do trabalho jornalístico, nas horas vagas, e sim, muitas vezes, na própria correria e sufoco de uma reportagem.

Eu próprio, repórter de texto a seu lado em algumas coberturas, tive inúmeras amostras dessa dupla condição de Paulo Leite, fotógrafo e artista. Me lembro, por exemplo, da delicadeza com que esse antiburocrata da objetiva registrou imagens de adolescentes cegos que "viam" com os dedos as esculturas de uma exposição para eles montada no Museu de Arte Contemporânea de São Paulo, nos anos 1980. Me lembro também, em especial, do esmero mais do que jornalístico que Paulo Leite pôs na captura de cada imagem numa reportagem que fizemos juntos para a revista *IstoÉ*, na mesma década, sobre a cultura e a arte que, no Chile do general Augusto Pinochet, insistiam em sobreviver sob as botas da ditadura instalada em 1973. Quando uma foto já me parecia suficientemente boa, ele voltava e a refazia, uma, duas, três, quantas vezes pedisse o seu perfeccionismo.

No dia em que íamos pegar o avião de volta para o Brasil, Paulo me passou um susto: sumiu do hotel — e sumido ficou até quase o momento de seguirmos para o aeroporto. Quando eu já achava que íamos perder o voo, ele reapareceu, feliz da vida, e contou que tinha madrugado para refazer fotos de um velho e famoso poeta, Nicanor Parra, num lugar distante, no sopé da cordilheira dos Andes. Foi bem antes de existir a fotografia digital, e os filmes feitos na véspera ainda não tinham sido revelados, mas o Paulo, mesmo sem ter visto as imagens, estava insatisfeito a ponto de perder o sono. Aí se lembrou que Nicanor era irmão de uma cantora também famosa, já falecida, Violeta Parra, e imaginou uma foto em que ele tivesse entre os dedos uma violeta. Confesso que achei meio cafona aquele trocadilho visual, mas só até o momento em que vi a imagem — delicada, forte, inesquecível.

Um parêntese aqui. Para um repórter de texto, não há felicidade maior do que ter como parceiro um bom repórter fotográfico. A recíproca, nem se discute, também é verdadeira. Mas fique claro o que quero dizer com o adjetivo "bom". Para quem escreve e para quem fotografa, só o apuro técnico não basta no trabalho em dupla: e nada vai bem quando não há uma afinação genuína. Volta e meia acontece: ainda que se trate de duas sumidades, a falta de sintonia ou o choque de egos, quando não ambos, prejudica ou mesmo põe a perder o resultado. Não é raro o repórter de texto sentir-se o dono da reportagem e tratar o fotógrafo como coadjuvante. Alguns chegam a referir-se ao parceiro como "o meu fotógrafo". De minha parte, só tenho a agradecer a uns tantos parceiros com quem tive a sorte de trabalhar (sorte, sim, já que nas redações as dobradinhas são formadas por uma terceira pessoa, em geral o chefe de reportagem), pois eles não apenas me proporcionaram um diálogo profissional enriquecedor como me ajudaram a ver melhor aquilo sobre o que ia escrever. Pensando neles, me vem o verso de Arnaldo Antunes: "Seu olhar melhora o meu". E seja dito: a poucos fotógrafos devo tanto quanto ao companheiro que tive naquela reportagem no Chile.

A imagem que selecionei para mostrar aqui foi colhida à margem do trabalho jornalístico de Paulo Leite. É bem antiga, de setembro de 1980, de umas férias que ele passou no Nordeste em companhia da paulistana Renata Falzoni, com quem à época estava recém-casado e que começava a trocar a arquitetura pela fotografia, na qual faria carreira antes de se tornar uma conhecida jornalista de aventuras radicais. Em espartana lua de mel, os dois viajaram de ônibus (comum, nada de leito), desde São Paulo, num esquema quase de mochileiros, que ao longo de umas três semanas os levou ao Ceará, a Pernambuco e, já no caminho de volta, ao Rio de Janeiro.

Nas mochilas, equipamento fotográfico básico que ao final do dia era preciso submeter a rigorosa limpeza geral. Paulo levou "um kit bressoniano", em alusão a um de seus grandes mestres, o francês Henri Cartier-Bresson: uma câmera Nikon F2, sem motor, uma lente grande-angular de 35 mm, uma normal de 55 mm e uma teleobjetiva de 105 mm. Os filmes, em preto e branco, eram, relembra ele, "o clássico Tri-X, 400 ASA, americano, de muita qualidade, que permite a você fotografar com luzes baixas, na mão" (ou seja, sem tripé). O Tri-X, encontrável em rolinhos, vinha também em latas, e nesse caso tinha que ser rebobinado — passado para pequenas bobinas a serem utilizadas nas câmeras —, operação que demandava enormes cuidados, pois a entrada de luz fatalmente os inutilizaria. Naquele giro pelo Nordeste, era preciso proteger o filme também das ásperas condições locais, sobretudo o calor, a umidade, a poeira e a areia.

E põe precariedade naquelas condições! Como já disse, em 1980 Canoa Quebrada — pertencente ao município de Aracati, a 166 quilômetros de Fortaleza — ainda não havia sido descoberta pelo turismo. Os raros forasteiros, ali, eram uns poucos hippies. O lugar não tinha sequer acesso fácil. Paulo Leite conta que a certa altura acabava a estrada, e então era preciso enfrentar uma caminhada de uns quarenta minutos para chegar ao povoado, que se resumia a uma rua principal e duas ou três vicinais, onde viviam 250, no máximo trezentas pessoas, pertencentes a três ou quatro grandes famílias, todas vivendo da pesca ou da renda de bilro.

Luz elétrica, só durante duas horas, à noite, a conta de se poder assistir ao noticiário e à novela das oito, antes que Canoa Quebrada sucumbisse à escuridão compacta, em meio à qual os moradores do lugar se moviam com prodigiosa facilidade. Mas não Paulo Leite, bicho da cidade, que certa noite deu com a testa na trave superior do portal de entrada da casinhola de dona Neurides, onde ele e Renata estavam hospedados. Na verdade, constatou em seguida, o chão é que ficara mais alto, devido à acumulação da areia soprada pelo vento constante. Remover o excesso fazia parte da rotina dos moradores de Canoa Quebrada, e Paulo não esquece a cena de uma senhora praticamente deitada no chão para puxar com as mãos a areia ali depositada.

Esqueça o conforto das pousadas que só bem mais tarde brotariam no lugar. "Dormíamos em redes, tomávamos banho de cuia, comíamos peixes maravilhosos e curtíamos o carinho com que todos nos tratavam", rememora Paulo Leite, ainda saudoso daquela temporada a anos-luz da civilização: "Melhor não poderíamos estar: amando, comendo caju, tomando cerveja e, especialmente, fotografando." Nos dez dias que passou com Renata em Canoa Quebrada, ele operou cerca de dez rolos de filmes de 36 fotos.

Nas caminhadas que faziam, Paulo não tardou a descobrir, a algumas centenas de metros da última casinha do povoado, o cemitério que tanto o impressionou. Pouco mais de meio quilômetro adiante, a falésia sobre a qual se estende o platô de Canoa Quebrada despenca abruptamente sobre a praia. Reinava ali um silêncio forte, cortado apenas pelo zunido do vento e pelo marulho das ondas ao longe. A areia soprada da praia batia com força e fazia arderem as canelas queimadas de sol.

Com seus túmulos e suas cruzes afogadas na areia, não mais que umas poucas dezenas, o cemitério não podia ser mais tosco, literalmente mais chão — "sem intermediários tolos entre a vida a morte", descreve o fotógrafo, "sem entrada, sem saída, sem limites, apenas um espaço aberto nas dunas".

Embora não cheguem a ser uma obsessão, os cemitérios sempre foram, para Paulo Leite, um tema importante, e no correr dos anos fotografou um punhado deles, no Brasil e em outros países. Lembra-se de um em São Gabriel da Cachoeira, no Amazonas, no alto rio Negro, quase na fronteira com a Colômbia, e de alguns outros, não menos marcantes, perdidos no sertão nordestino. Tudo sepulturas de gente simples. No Cemitério Central de Santiago, no Chile, ao contrário, eu o vi fotografar em maio de 1986 alguns túmulos de celebridades. A gaveta humilde, por exemplo, onde primeiro esteve o corpo do poeta Pablo Neruda, prêmio Nobel de Literatura de 1971, morto de câncer em setembro de 1973, doze dias após o golpe militar que depôs o presidente Salvador Allende.

Dos cemitérios todos que se lembra de ter visto, antes ou depois, majestosos ou singelos, Paulo Leite não conhece outro que se assemelhe ao de Canoa Quebrada. "Já vi muitos, mas como aquele nenhum", afirma. Aliás, nunca viu publicada uma única fotografia daquele cemitério que não tivesse sido feita por ele ou por Renata Falzoni. As suas foram incluídas entre as 45 da mostra *A olho nu*, que realizou em 1993 na hoje extinta Galeria Fotoptica, em São Paulo.

Tão fortemente o lugar se marcou em sua memória que três anos mais tarde Paulo Leite voltou lá, dessa vez sozinho e com filme em cores. O fruto daquela segunda incursão não o desagrada — "salvam-se algumas imagens", avalia —, mas em sua opinião não se compara ao saldo da primeira viagem. A forte impressão da visita anterior não se reproduziu — talvez porque nesse meio-tempo Canoa Quebrada já não fosse a mesma, talvez também porque ele estivesse na correria do trabalho ou, ainda, talvez porque a luz não fosse tão favorável. Bem diferente, em todo caso, das condições nas quais fotografara em 1980 — repare outra vez na imagem —, "com a luz do sol enviesada, pela esquerda, às quatro e tanto de uma tarde de primavera nordestina". Ele chama a atenção para "as cruzes gráficas, como um desenho na areia, para os dois túmulos brancos em diagonal, para a linha desértica do horizonte", para o que há de "tão vazio e tão vital nessas cruzes e sepulturas". E chega a dizer: "Dá vontade de ser enterrado aqui".

Salvador, 1946-53. Fotografia de Pierre Verger

O futuro do passado: Pierre Verger, com Vinicius e Obama

Arthur Nestrovski

Fotografia não tem som, mas essa é uma foto de música. Nem é preciso notar o pequeno instrumento de percussão, entrevisto no canto à direita, para sentir as vibrações no ar e perceber no rosto de todos a concentração ao mesmo tempo alegre e séria de quem está no meio do samba. Também não é preciso contar o número de homens — são nove, vendo pelos chapéus — para adivinhar a multidão, cantando e dançando sem medo de nada, sob o sol da Bahia.

São nove, fora *ela*: a moça, tão linda, de vestido branco e turbante, um colar também branco no pescoço, olhando pra frente com um sorriso que ainda não abriu. Todos, na verdade, estão de boca fechada. Ou estamos num intervalo instrumental, antes da volta do samba cantado, ou num momento só de batucada mesmo, esquentando as coisas.

Num sentido preciso, qualquer foto é sempre foto de um momento. Mas algumas fazem desse fato sua razão. Pensando bem, não é uma loucura? Um momento ínfimo de tempo — 1/60 de segundo, algo assim —, capturado no meio de um samba de roda há mais de sessenta anos, vive para sempre nessa imagem. A mesma luz que incidia sobre os dez sambistas faz seu trabalho agora sobre as nossas retinas e recria corpos, chapéus, almas, tambor, turbante, fios de um poste, uma nuvem e o céu.

Ela olha pra frente, o que significa que não está olhando pra nós. Do modo como a foto foi tirada, ficamos na posição de quem está ali, observando a cena meio de lado, por trás da lente. Algo semelhante ao que acontece quando se é posto na condição de narrador de uma história. Sem ser o autor, assume-se a sua posição (diferentemente de quando quem narra é uma personagem). Sem ser o fotógrafo, é como se cada um de nós estivesse de novo ali, batendo a foto. Atrás da moça, um dos homens olha para nós, entre curioso e receptivo. E atrás dele, outro homem, de chapéu, parece também olhar para quem olha para eles, com a máquina. A foto encena esse contraponto, entre quem está dentro e quem está fora do samba.

Os braços dela estão em movimento, naturalmente graciosos. As mãos são bonitas, delicadas mas fortes, de unhas curtas. Delicada e forte toda ela, o que mais impressiona nessa mulher, nessa lasca de segundo, é algo difícil de nomear, mas que cai num domínio humano poderoso e positivo: confiança, esperança, segurança, para ficar em três palavras que rimam com dança. Entre brancos e pretos, sambando na Bahia, num dia qualquer entre 1946 e 1953 (não se sabe a data exata), ela serve de emblema de muitas esperanças cruzadas naquele momento da história do país.

Quando Pierre Verger bateu a foto, já estava na Bahia havia algum tempo, sem saber que moraria lá para sempre. O francês chegara ao Brasil em 1946, com 44 anos de idade, depois de uma década e meia fotografando ao redor do mundo. Uma primeira exposição de suas imagens baianas aconteceu logo em 1947, em Salvador. Ele viria a tirar centenas e centenas de outras até 1952, quando partiu para uma temporada na África; e hoje não há como saber precisamente o ano em que foi batida essa foto em particular, guardada entre os mais de 62 mil negativos da Fundação Pierre Verger.

A história de Verger tem traços bem peculiares; mas o percurso geral se enquadra numa tradição. Do poeta romântico Byron (que terminou a vida na Grécia, comandando um Exército), passando pelo pintor impressionista Gauguin (que saiu para comprar cigarros e se mudou para o Taiti) e pelo compositor modernista William Walton (que trocou a nublada Londres pelo sol de uma ilha na costa de Nápoles), não foram poucos os artistas europeus modernos que adotaram o exílio como aventura de vida. Exílio por motivo político é uma coisa;

e o século XX, o século do nazismo, do stalinismo e do fascismo, obrigou grande número de pessoas a procurar refúgio em outras terras por perseguição política. Mas existe também o autoexílio como estratégia de reinvenção pessoal — reinvenção moral, afetiva, sexual —, para aqueles, como Verger, a quem a condição rotineira da vida, aparentemente confortável, passa a causar suplício.

Em fotos de infância, ele aparece com trajes aristocráticos, incluindo chapéu e japona de botões dourados, no jardim da imponente casa, em Paris. Filho de um bem-sucedido industrial do ramo da impressão (litogravuras e postais), trabalhou sem muito empenho na empresa familiar até os 29 anos, levando "uma vida de dândi abastado", como diz seu biógrafo Jean-Pierre le Bouler. Perdeu prematuramente dois irmãos e o pai; ficou com a mãe. Depois da morte desta, "não tinha mais nenhuma razão" para manter a "dignidade aparente" e partiu numa série de excursões mundo afora. Foi só nessa altura, em 1932, que tirou suas primeiras fotos, durante uma viagem a pé pela Córsega (um trajeto de 1500 quilômetros).

Pouco a pouco foi virando repórter fotográfico, vendendo fotos para revistas e outras publicações. Viajou pela França e pela Espanha, foi à União Soviética, à Inglaterra e à Itália; esteve no Taiti, na China, nos Estados Unidos e no Japão; em meados da década de 1930 chegou pela primeira vez ao continente africano, com o qual criaria laços muito especiais. Ainda iria ao México, à Indochina, à

Guatemala e ao Equador, à Argentina, ao Peru e à Bolívia, entre outros lugares (incluindo uma rápida passagem pelo Rio de Janeiro), antes de chegar a Salvador.

Chegar à Bahia não é para qualquer um. Dizer que Verger deu conta do recado nem começa a descrever a dimensão dessa entrega. O mínimo que se pode dizer é que Verger nunca mais foi o mesmo; nem a Bahia. Tornou-se amigo de uma constelação de talentos que conviviam na capital soteropolitana, incluindo o compositor Dorival Caymmi, o romancista Jorge Amado, o escultor Mário Cravo e o pintor Carybé (um argentino que, como ele, adotara a cidade para si). Com sua câmera a tiracolo, virou um personagem da cidade. Muitos anos depois, Jorge Amado lembrava que um dia alguém lhe perguntou "muito a sério", se Pierre Verger realmente existia ou se era uma invenção baiana. Isso por conta, também, de uma citação em *Dona Flor e seus dois maridos*: no meio do velório de Vadinho (o primeiro marido), aparece "Pierre Verger com seu perfil de pássaro e seus mistérios de Ifá".

Ifá, no candomblé, é o orixá da adivinhação e do destino, um porta-voz de Orumilá ("Salvador", um dos títulos do deus supremo). Consulta-se o Ifá para saber se há obrigações a cumprir para com algum outro orixá. Entre o povo iorubá, trazido da África ao Brasil durante a escravidão, o sacerdote dedicado ao culto de Ifá chama-se *babalaô*. Depositário de milhares de histórias e versos — "quatro mil ou mais", segundo Verger —, em alguns terreiros ele é o guia que pratica a adivinhação por meio de búzios. Desde 1953, quando esteve em Queto (Daomé), Pierre Verger fora iniciado na adivinhação por Ifá, sagrado babalaô e batizado Fatumbi (renascido em Ifá), nome que passou a usar no meio dos outros dois: Pierre Fatumbi Verger.

Sem contradição, esse babalaô que jamais entrou em transe e se descrevia como um "francês racionalista" ou "francês incrédulo", será também um dos maiores estudiosos da história do tráfico negreiro e dos trânsitos culturais entre a África e o Brasil. Escreveu inúmeros ensaios sobre o assunto e alguns livros que se tornaram referência, como *Fluxo e refluxo do tráfico de escravos entre o golfo de Benin e a Bahia de Todos-os-Santos, dos séculos XVII a XIX* (1968) — que lhe valeu, aos 66 anos, um doutorado na universidade Sorbonne de Paris, algo notável para quem nem tinha concluído o ensino médio —, e o monumental tratado *Ewé: o uso das plantas na sociedade iorubá*, sem falar nos livros de fotografia.

Parodiando Vinicius de Moraes, pode-se dizer que Verger era o francês mais preto do Brasil. Teria, se pudesse, "escolhido ser negro". Mas nem o babalaô Fatumbi controla o destino a esse ponto. O que ele aprende é ver o mundo com outros olhos, expressão que pode ser tomada ao pé da letra quando se trata também de um fotógrafo. Nada menos que isso se depreende daquela imagem da moça no samba de roda: toda a potência de uma cultura, com toda uma história por trás — história de opressão e abuso, mas também de transformação e renovação. Do lado de cá da foto, do lado do narrador, pode-se intuir algo mais: o desejo de estar nessa história e assumir para si mesmo essa força. Algo poderoso, que se deixa adivinhar, noutro plano ainda, como um destino possível para este país que não sabe bem o que é. Algo que, àquela altura, ele não era o único a ver, embora tenha sido um dos primeiros a fotografar.

Foi alguns anos antes da chegada de Verger, numa noite de 1942, na casa de um amigo no morro do Cavalão, em Niterói, que Vinicius de Moraes teve a primeira ideia de *Orfeu da Conceição*. A peça levaria catorze anos para ficar pronta, mas todo o primeiro ato foi escrito naquela noite e um sentido fundamental definido: a reedição do mito de Orfeu num morro carioca.

No mito grego, Orfeu, o poeta, cantor e tocador de lira, convence as divindades, por força de sua música, a lhe deixar buscar a amada Eurídice nos infernos. Seu canto muda tudo ali por um tempo: Sísifo para de rolar a pedra montanha acima, Tântalo cessa de sentir fome e sede, as Danaides interrompem a tarefa de encher um tonel sem fundo. Eurídice poderá sair com ele, mas Orfeu não deve se voltar para trás, sob pena de perdê-la para sempre. Já prestes a chegar de novo à luz, ele não aguenta e se vira; e a ninfa então desaparece. Orfeu cantará sua perda mundo afora. Imune ao charme das Bacantes, será destroçado por elas. Sua lira é transformada por Júpiter numa constelação: Libra.

Há uma história milenar de interpretações e recriações desse mito. Vale mencionar que a primeira ópera de que se tem uma partitura completa é a *Eurídice*, de Peri (1600), e a primeira que de fato sobrevive no repertório é o *Orfeu*, de Monteverdi (1607), ambas inspiradas na versão recontada pelo poeta latino Ovídio, nas *Metamorfoses* (século I a.C.). Orfeu é personagem marcante na poesia ocidental, desde Ovídio e Virgílio, passando pelos barrocos espanhóis Calderón de la Barca e Lope de Vega, até o romântico inglês Shelley, chegando aos modernistas Rainer Maria Rilke e Jean Cocteau, antes de Vinicius de Moraes (que por sua vez antecede *A invenção de Orfeu*, de Jorge de Lima). Na história da ópera, também, Orfeu é figura frequente, em obras que vão do barroco Rameau, passando pelos classicistas Haydn e Gluck (no século XVIII) até a opereta romântica *Orfeu nos infernos*, de Offenbach, e ao modernismo de Milhaud.

Toda essa tradição está por trás da ideia de Vinicius de Moraes, conscientemente transportada para um contexto muito especial, mas guardando em si também um inconsciente projeto de futuro. Àquela época, o poeta andara ciceroneando o escritor americano Waldo Frank em excursões por “candomblés, capoeiras e festejos negros" — como disse no programa original da peça — primeiro no Rio de Janeiro, depois em Salvador. Era o tipo de circunstância registrada naquela foto de Pierre Verger, cuja protagonista poderia muito bem ser a Eurídice de Vinicius. Ela, aliás, tem alguns traços de semelhança com a atriz que encarnaria Eurídice não no palco do Teatro Municipal do Rio, onde a peça estreou, mas nas telas de cinema, quando o filme *Orfeu negro*, do diretor francês Marcel Camus, foi lançado com grande sucesso três anos depois, em 1959. Baseado (com muitas liberdades) na peça, o filme ajudaria a projetar internacionalmente o nome do poeta e de seu parceiro nas composições que atravessam *Orfeu*: Antonio Carlos Jobim.

Foi justamente para compor a trilha da peça que Vinicius inaugurou essa parceria de enormes consequências para a música brasileira. Ali se realizava um modo muito especial de pensar a canção, centrado acima de tudo na relação entre palavra e música. Em canções como "Se todos fossem iguais a você" (da peça) e "A felicidade" (do filme, com o refrão que todo mundo conhece: "Tristeza não tem fim/ Felicidade, sim"), o mais sofisticado artesanato de melodia e harmonia é posto a serviço da poesia cantada. Uma poesia que se faz em seus próprios termos, diferente da poesia de livro e também das habituais letras de música (como as do repertório tradicional do samba-canção, que então reinava no Brasil): por um lado, era algo que se aproximava da linguagem falada; por outro, absorvia a mais rica linhagem da poesia lírica, que o poeta Vinicius dominava como poucos. E isso era análogo ao que se via nas harmonias e melodias de Jobim, nutrindo-se de um amplo leque de influências de modo original.

Voltar à Grécia para retratar o mundo negro carioca era, decerto, uma ideia poderosa. Assim como poetas alemães do início do século XIX — um período até hoje muito estudado — entendiam o classicismo antigo como ideal humanitário e artístico capaz de reanimar uma sociedade e uma arte em vias de esgotamento, também Vinicius vislumbrava nessa apropriação helenística um caminho para a criação de um teatro negro brasileiro, que nos desse nova dignidade, menos submissa à imitação e menos acanhada de si.

Mas, no momento em que a canção brasileira entrou nisso, com a importância que entrou, não era mais só de Grécia que se estava falando, mas da combinação de Europa e África, no solo da América. Surgida em grandes cidades de passado escravista em três países — Nova Orleans (nos Estados Unidos), Havana (em Cuba), Rio de Janeiro e Salvador —, foi bem essa combinação que acabou gerando as mais extraordinárias formas de canção popular praticadas no século XX.*

* Neste ponto, como em vários outros deste ensaio, devo muito às ideias de meu parceiro musical José Miguel Wisnik, especialmente as da aula-show "Vinicius: palavra e músicamúsica", disponível em www.viniciusdemoraes.com.br.

No caso específico da parceria Jobim-Vinicius, aquilo que se inaugurava, nessa confluência de arcaico e moderno, europeu e africano, branco e preto, concretizada em modo novo nas canções de *Orfeu da Conceição*, era uma verdadeira renovação da nossa música e, por extensão, da nossa cultura como um todo. Aquilo que Vinicius imaginou ainda meio indistintamente em 1942, ao congregar o gênio de Tom Jobim uma década e tanto mais tarde, resultou em algo de importância crucial, algo que ninguém poderia sonhar, nem mesmo Vinicius, ao esboçar aquelas primeiras palavras de *Orfeu*, no morro do Cavalão: resultou em nada menos do que a *bossa nova*.

Há toda uma mitologia de imagens e costumes da bossa nova — o cantinho e o violão —, inventada pelos próprios artistas e mais tarde repetida até a náusea em versões publicitárias, que ajudava a esconder a arte na arte e afinal protegia essa música tão consciente de qualquer exibição de autoconsciência. Ouvidas com atenção, livres da força do hábito, essas canções não cansam de nos espantar. Nunca se fez um tipo de canção mais seguro de seu próprio engenho; mas só raramente se encontra uma forma de arte que pareça tão informal, tão devotada à espontaneidade. A bossa nova celebra os modos de convivência ao mesmo tempo avançada e afável que definem uma noção de cultura brasileira. Leva ao extremo as possibilidades modernizadoras da tecnologia artística, mas trata tudo com naturalidade e sem fazer alarde, sem dar espetáculo. Faz da sociabilidade uma filosofia e capta nesse espírito as mais variadas energias da mistura cultural e humana do país.

Se Tom Jobim será o grande mestre moderno da composição de canções no Brasil, isso tem a ver também, em boa medida, com sua capacidade muito rara de extrair o máximo do mínimo. É uma qualidade arquitetônica da sua música, digna de Oscar Niemeyer ou de Le Corbusier (entre outros mestres modernistas que o jovem arquiteto Jobim estudou), combinada à sua habilidade de incorporar tradições musicais diversas. De Chopin a Garoto, de Ravel a Gershwin, de Villa-Lobos a Caymmi, tudo vira matéria viva nas suas mãos, modulável no espaço da canção.

Que a modernidade musical, essa impressionante arte de potencializar elementos mínimos, servisse logo de inspiração e suporte para a arte dos poetas foi uma felicidade que em boa medida se deve ao milagre Vinicius de Moraes. Outro tanto se deve ao milagre João Gilberto, que soube entoar essa nova poesia cantada, um grau crucial acima da voz falada, e sintetizar o samba no violão.

O resultado, como vimos, compõe um verdadeiro modelo novo de canção popular. Reconhecido no mundo inteiro como exemplo supremo na arte da canção, esse modo de fazer as coisas segue estimulando até hoje, direta ou indiretamente, o pensamento dos nossos cancionistas. Segue também definindo uma visão moderna e brasileira da música, "na dimensão da eternidade", como dizem Caetano e Gil (na canção "Cinema Novo", que homenageia outra grande realização brasileira daquele período). Com a obra de Tom Jobim, que começa na bossa nova com Vinicius (e alguns outros parceiros, sobretudo Newton Mendonça) e depois se diversifica e multiplica, a civilização brasileira resolve a si mesma em chave nova, tecnicamente avançada e filosoficamente leve. Tudo isso já se adivinhava, sem se adivinhar, naquela primeira ideia de *Orfeu da Conceição*. E não foi a única surpresa que o futuro reservava ao passado, lendo e relendo as lições de Vinicius de Moraes.

Certa ocasião, no começo da década de 1980, quando era aluno da Universidade Columbia, em Nova York, o jovem Barack Obama recebeu a visita da mãe e da meia-irmã, que moravam no Havaí. A história está na autobiografia *A origem dos meus sonhos*, que escreveu dez anos depois, quando ainda nem sonhava em virar senador, quanto mais presidente dos Estados Unidos. Tornara-se o primeiro editor negro da revista de direito da Universidade Harvard, e um editor lhe encomendara um livro sobre sua trajetória.

Uma tarde a mãe de Obama leu no jornal que *Black Orpheus* estava passando na cidade; e insistiu em levar os filhos para assistir ao filme com ela. Muito tempo antes, com dezesseis anos, a adolescente branca do interior do Kansas, que até então nunca fora exposta a qualquer exemplo de cinema estrangeiro, achara o filme a coisa mais linda que jamais tinha visto.

Obama aguentou boa parte do filme, sem entusiasmo. Uma história simples, "a transposição do mito grego para uma favela carioca durante o carnaval"; pretos e mulatos brasileiros cantando "como passarinhos". Tudo aquilo lhe parecia pitoresco, para não dizer caricato. Àquela altura, ele já pensava sobre o tema com muito maior complexidade do que se percebia na visão simplória do diretor francês (inaceitável, aliás, ao próprio Vinicius, que na estreia deixara a sala antes de o filme terminar).

Passado um tempo, virou-se para chamar a mãe, querendo ir embora. Mas então percebeu o rosto dela extasiado sob a luz azul da tela. E nesse momento, diz ele, foi como se uma janela se abrisse para o coração da mãe, ou melhor, para o "coração irrefletido da sua juventude". E pela primeira vez ele pôde ver que essa imagem de negros cantando no Rio, essa fantasia de uma sociabilidade aberta, calorosa e sensual, todo o exotismo de outra forma possível de vida, era tudo o que uma menina do Kansas *não* tinha... Algo que ela carregara consigo aqueles anos todos; algo que estava na raiz do casamento com um negro queniano, seu pai.

Na impressionante passagem que se segue no livro de Obama, ele comenta sua percepção não apenas do desejo amoroso mais profundo da mãe, que ela lhe transmitira sem palavras, e que ele também carregava como um insuspeitado e mais que precioso bem, mas também de que isso, agora — ser capaz de *ver os pais para além deles mesmos* —, era o que fazia, afinal, de um adulto, na medida do possível dono de si. "Minha mãe era aquela menina com o filme de negros bonitos na cabeça, lisonjeada pela atenção de meu pai, sozinha e confusa, tentando se livrar das amarras da vida dos pais dela."

Tempos depois, quando coube a Obama ligar para a mãe no Havaí e avisá-la da morte do pai no Quênia, não foi outra coisa que ele escutou no seu choro: transcorridos anos e anos, outro casamento, uma filha, o que se deixava escutar, na dor da mãe, ainda era aquele amor, um desejo de vida apreendido nas cenas de um filme e encarnado por ela na aventura nem sempre bem-sucedida de sua vida.

Para um poeta como Vinicius de Moraes, que veio ao mundo "para ensinar aos homens sobre o amor" (como gosta de dizer Maria Bethânia), a história de Obama seria tocante, acima de tudo, por isso. No contexto deste ensaio, ela ilumina também a dimensão quase inacreditável que viria a assumir aquela primeira ideia do poeta de uma peça sobre o mito grego de Orfeu, transposto para um morro carioca.

Na arte, como em tudo mais, muitas vezes, é assim: uma pequena sugestão pode ter consequências gigantescas. Carrega milênios por dentro e pode fazer brotar mil histórias. Dessa perspectiva, e vendo as coisas em retrospecto, pode-se dizer, sem exagero, que ao sonhar essa Grécia mestiça musical brasileira, Vinicius de Moraes acabou sendo o responsável, direto ou indireto, por duas coisas da maior relevância, numa escala mundial. Do sucesso da primeira — a bossa nova — ele teve plena evidência, embora logo a tenha deixado para trás, como era de seu feitio. Da segunda, nem poderia sonhar, mas teria lhe dado enorme satisfação. Pois a história da mãe de Obama, o efeito que teve aquele filme sobre a vida dessa menina, não deixam sombra de dúvida de que, afinal, é Vinicius de Moraes, o branco mais preto do Brasil, o poeta de *Orfeu da Conceição*, quem está na origem profunda do primeiro presidente mulato dos Estados Unidos.

Tudo isso está e não está naquela foto de Pierre Verger. Num sentido literal, claro que não. Mas uma foto não termina quando começa: não termina no instante que se grava ali para sempre, com o clique de uma objetiva. Quando alguém como Verger está batendo uma foto, quando decide, por exemplo, escrever com imagens o mundo negro de Salvador na década de 1940, sabe que está fotografando cada rosto, cada corpo para além dos limites de matéria e espaço. Está fotografando uma circunstância; e a interpretação das circunstâncias não tem fim.

Quando alguém como Verger está batendo uma foto, naquele lugar e naquele tempo, entra também, ele mesmo, na história do que está sendo fotografado, assim como o poeta Vinicius de Moraes entra com suas palavras e Tom Jobim com sua música na história de um Brasil que se descobria e renovava como nunca, então. Que o surgimento de uma arte brasileira moderna, de acento ao mesmo tempo profundamente local e confiantemente cosmopolita, esteja na confluência da questão racial não tem nada de acaso, num país de passado escravista, mas que esquece ou mente o fato para si mesmo com facilidade. Que a imagem de uma moça num samba de roda baiano, em fins da década de 40, venha pôr tudo isso de novo em evidência também não é casual: no futuro daquele passado foram se dando muitas coisas — entra elas, *Orfeu da Conceição* —, que agora nos ajudam a entender o que ele era.

Dito isso, cabe lembrar que também o futuro do passado não acaba. O futuro somos nós, por exemplo, tentando dar conta de nós mesmos, com a ajuda de Vergers e Tons e Vinicius (sem falar em Obama). E se, como diz Caetano Veloso, o Brasil até hoje não mereceu a bossa nova — quer dizer, se o Brasil ainda não cumpriu para si mesmo as promessas que a bossa nova trazia, todo um sonho de civilização, capaz de oferecer ao mundo outra medida, tecnicamente original, culturalmente mesclada —, se as violências sociais quase não nos deixam mais pensar nesse antigo futuro imaginado, nem por isso se está livre agora de voltar às mesmas questões e imaginar outras saídas.

Naquela moça delicada e forte de Verger, preservada numa lasca de segundo de luz, o que mais impressiona é mesmo algo difícil de nomear. Algo que, desse ponto de vista, tem a ver com potências que não são só dela, mas muito maiores que ela. Cada um de nós agora está ali com ela também, dentro e fora da foto, fora e dentro do samba, carregado de memória e de promessa. E as esperanças ainda se cruzam, como em qualquer lugar e em qualquer momento, para quem tiver ouvidos para Vinicius e olhos para Verger.

BIBLIOGRAFIA

AMADO, Jorge. Apresentação. In: VERGER, Pierre. *Ewé: o uso das plantas na sociedade Iorubá*. São Paulo: Companhia das Letras, 1995.

LE BOULER, Jean-Pierre. *Pierre Fatumbi Verger: um homem livre*. Salvador: Fundação Pierre Verger, 2002.

MORAES, Vinicius de. Programa original da peça *Orfeu da Conceição* (1956). In: AUGUSTO, Sérgio. *Cancioneiro Vinicius de Moraes — Orfeu*. Rio de Janeiro: Jobim Music, 2003.

OBAMA, Barack. *A origem dos meus sonhos*. Trad. I. Antonio, R. Laureano e S. Augusto. São Paulo: Editora Gente, 2008.

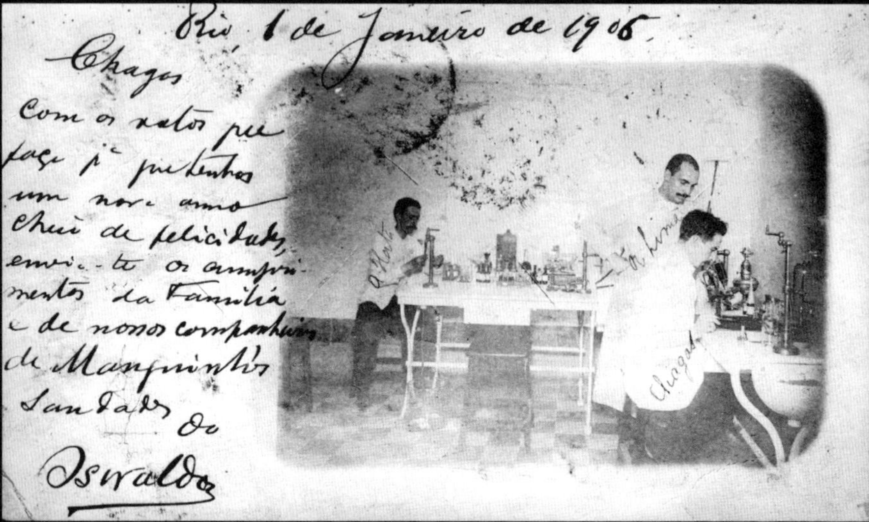

Carlos Chagas ao microscópio, com Henrique da Rocha Lima, 1906.
Fotógrafo desconhecido

A fotografia e os cientistas

Moacyr Scliar

A fotografia hoje faz parte da nossa vida, não é mesmo? Seja através das pequenas câmeras digitais, seja através do celular, ficou muito fácil, e muito prático, e muito barato (no tempo do filme era bem mais caro) registrar as cenas do nosso cotidiano: nós numa festa, nós num passeio, nós com nossos amigos... Depois, vamos rever essas fotos (quem sabe no computador), e é como se estivéssemos vivendo de novo aqueles momentos. Fotografia é isso: traz de volta o passado para o presente, e mais, guarda a lembrança do passado para que, no futuro, nós e outros possamos lembrar aquilo que sucedeu. É hoje algo tão comum, tão habitual, que muitas vezes nós nos perguntamos: como funcionavam essas coisas antes da invenção da fotografia? Como faziam as pessoas para guardar imagens de sua vida, de seu mundo?

Boa pergunta. A melhor maneira de registrar as cenas da vida e as imagens de pessoas era através da pintura. O que, claro, não era fácil. Pintar um quadro podia levar dias, semanas, anos. Retratos muitas vezes só estavam ao alcance de pessoas ricas, que podiam pagar o trabalho do pintor (bem caro, se se tratava de alguém famoso). E este, por sua vez, escolhia os temas de acordo com seu gosto pessoal. A fotografia mudou tudo. A fotografia colocou o registro da imagem ao alcance de todos. Mais: a fotografia começou a mostrar modos de vida que a maioria das pessoas simplesmente não conheciam.

Tomem a ciência, por exemplo, que ganhou um grande impulso na época em que surgiu a fotografia (um resultado, aliás, do progresso científico). Pelo que se sabe, a primeira fotografia foi produzida em 1826 pelo francês Joseph Nicéphore Niépce. O "filme" era uma placa de metal coberta com uma substância sensível à luz; algumas partes ficavam mais claras, outras mais escuras, e daí resultava uma imagem. Outro francês, Louis Jacques Mandé Daguerre, aperfeiçoou esse processo e criou o daguerreótipo, que era bem mais rápido. A primeira câmera portátil, tipo "caixão", surgiu em 1888 e usava o filme em rolo criado pelo americano George Eastman. Quer dizer: a fotografia tornou-se popular.

Em contraste, para o grande público os cientistas — físicos, químicos, biólogos — eram pessoas misteriosas, um pouco como tinham sido misteriosos os feiticeiros. Lá estavam eles, fechados nos seus laboratórios, estudando coisas que a maioria das pessoas simplesmente não entendia, e mais, falando numa linguagem enigmática. Claro, todo mundo sabia que ciência era algo muito bom, que a ciência estava melhorando a vida das pessoas; mas havia uma espécie de barreira entre a atividade científica e o público geral.

Isso mostra a importância da foto que ilustra este texto. Uma foto, na realidade, muito simples. O fotógrafo, provavelmente a pedido de cientistas, ou pelo menos autorizado por eles, entrou num laboratório de pesquisas e fotografou essas pessoas trabalhando. Deve ter usado uma câmera muito antiga; mas, e isto é interessante, mesmo com os problemas que essas câmeras às vezes apresentavam, existem fotos antigas que são verdadeiras obras de arte. Porque fotografia não é só a câmera, fotografia é a sensibilidade do fotógrafo, é a habilidade do fotógrafo, e o olho do fotógrafo. Mesmo com uma máquina precária, um fotógrafo que é verdadeiramente artista pode obter maravilhas.

Em outros países, os grandes cientistas, principalmente nos fins do século XIX e começos do século XX (época em que viveram os nossos retratados) eram, em geral, físicos ou químicos. Estavam pesquisando novas substâncias, novos produtos, novos aparelhos, novas reações químicas. No Brasil, não. No Brasil a ciência nasceu muito ligada à saúde pública.

E não é difícil entender a razão disso.

Nosso país tem um clima excelente (nada de invernos rigorosos, com neve e frio), uma natureza generosa, uma terra fértil; por todas essas razões, os primeiros habitantes do Brasil, os índios, eram muito saudáveis, o que deixava os portugueses admirados. Mas essa situação mudou. Veio a colonização, veio a escravatura, começaram a surgir as cidades — e as cidades eram muito precárias em termos de higiene, de abastecimento de água, de esgoto. Logo doenças começaram a se propagar, muitas vezes sob a forma de epidemias devastadoras, por exemplo, de febre amarela, uma doença causada por um vírus que ataca o fígado e deixa a pessoa amarela (daí o nome). E também havia malária, e tuberculose, e peste... No século XIX estas doenças eram muito comuns, inclusive e principalmente no Rio de Janeiro, que era então a capital do Brasil. A paisagem era bonita, mas a cidade quase não tinha água corrente, não tinha esgoto, o lixo se acumulava nas ruas, os mosquitos proliferavam... E era tanta doença que os navios estrangeiros não vinham mais para o Rio. Ora, a cidade era um grande porto exportador, principalmente de café, o produto que o Brasil mais vendia para o exterior. Sem café não havia dinheiro. De modo que combater as doenças não era só uma questão de salvar vidas e de aliviar o sofrimento das pessoas; era uma questão econômica, e muito séria. Os governos começaram a recorrer aos cientistas, que eram vistos como verdadeiros salvadores da pátria. Dois desses cientistas se tornaram muito famosos: Oswaldo Cruz e Carlos Chagas. Vamos falar um pouco sobre eles.

Oswaldo Cruz nasceu em 1872 na pequena cidade paulista de São Luís do Paraitinga. Seu pai, Bento Gonçalves Cruz, era médico — primeiro foi clínico, depois trabalhou na saúde pública. Bom pai, mas muito autoritário. Certa vez, quando Oswaldo era menino, recebeu, na escola em que estudava, um recado urgente: tinha de voltar imediatamente para casa. Pensando, decerto, que se tratava de um problema familiar sério, Oswaldo foi correndo para sua residência. Lá o esperava o pai: o garoto tinha esquecido de arrumar a cama, como era sua obrigação diária. Mas Bento era um homem justo. Quando Oswaldo começou a fumar, ponderou ao filho que aquilo prejudicava a saúde. Oswaldo retrucou que o pai também fumava. Bento reconheceu-o, e naquele momento mesmo abandonou o cigarro.

A família mudou-se para o Rio e, como o pai, Oswaldo cursou medicina. E foi então que descobriu o intrumento que mudaria sua vida: o microscópio. Como a máquina fotográfica, o microscópio depende muito da lente — várias lentes no caso, que permitem enxergar aquilo que normalmente é invisível para nós. Mas o microscópio é muito mais antigo; data do século XVII. No começo funcionava mais como curiosidade, uma espécie de videogame da época: as pessoas colocavam uma gota de água estagnada no microscópio e ficavam olhando, maravilhadas, aqueles bichinhos invisíveis a olho nu, que se moviam sem cessar. Só mais tarde a medicina compreendeu que o microscópio poderia ser usado para conhecer melhor o organismo e investigar causas de doenças. Foi uma verdadeira revolução: cientistas como o francês Louis Pasteur descobriram vários micróbios causadores de enfermidades. Não é de estranhar, portanto, o entusiasmo de Oswaldo. Formado em medicina em 1892, ele viajou para Paris cinco anos depois, onde estagiou em vários lugares, incluindo o Instituto Pasteur, fundado pelo grande cientista. Quando voltou, em 1899, foi convidado para participar na investigação de uma epidemia na cidade de Santos. Não estava bem claro do que se tratava; poderia ser peste bubônica, doença muito antiga e muito grave. A pessoa fica com os gânglios linfáticos (órgão de defesa do organismo) muito aumentados — asínguas ou bubões, daí o nome. Além disso, podem ocorrer outros problemas sérios, nos pulmões, por exemplo. A peste é causada por um micróbio transmitido pela picada da pulga do rato. Oswaldo conseguiu mostrar a presença desse micróbio, o que o consagrou como grande cientista. Foi chamado para trabalhar para o governo federal, organizando um instituto que deveria preparar substâncias contra doenças infecciosas, isto é, causadas por micróbios. E depois foi convidado a ocupar o cargo de diretor de Saúde Pública, equivalente ao do ministro da Saúde de hoje. Mostrou então que não era só um bom pesquisador, era também um excelente administrador. Organizou campanhas contra a febre amarela e contra a peste bubônica que foram exitosas. E embora a vacinação contra a varíola tenha enfrentado oposição popular e política, ele é considerado o fundador da saúde pública brasileira.

Oswaldo Cruz formou um grande grupo de pesquisadores. Entre eles estava o mineiro Carlos Chagas. Nascido em 1878, de uma família tradicional e muito culta, Chagas estudou medicina no Rio de Janeiro. Tão logo se formou, foi convidado por Oswaldo Cruz para trabalhar no instituto de pesquisa que este então dirigia [o Instituto Soroterápico Federal, também conhecido como Instituto de Manguinhos]. Lá ficou muitos anos, até que em 1909 foi convidado para um trabalho que mudaria sua vida e que teria uma grande repercussão na medicina.

Naquela época, a estrada de ferro Central do Brasil estava empenhada num projeto gigantesco: queria unir, por ferrovia, o Norte ao Sudeste do Brasil, de Belém do Pará ao Rio de Janeiro. Mas as obras estavam tendo grandes problemas numa pequena localidade chamada Lassance, no interior mineiro. Ali havia muita malária, e os trabalhadores haviam adoecido em massa.

Chagas tinha estudado muito a malária, uma doença transmitida pelo mosquito e que se manifesta por ataques de febre alta. De modo que era a pessoa indicada para propor medidas contra a doença. Foi para lá em 1907, levando inclusive equipamento laboratorial. E teve uma surpresa.

Além da malária, havia numerosos casos de uma outra doença, bem diferente. Era uma doença que atacava inclusive o coração: as pessoas ficavam com fortes palpitações — "baticum", como diziam.

A causa desse problema era desconhecida, e Carlos Chagas resolveu investigá-lo. Nesse momento uma informação foi importante, decisiva mesmo. Um engenheiro da ferrovia, Cantarino Mota, comentou sobre a enorme quantidade de "barbeiros" existente no local. O barbeiro é uma espécie de percevejo que pica os seres humanos, principalmente no rosto, daí o apelido. Durante o dia, os barbeiros ficavam escondidos nas frinchas das paredes daquelas casas humildes, feitas de taipa; à noite saíam e aí atacavam as pessoas adormecidas.

Teria o barbeiro algo a ver com a doença misteriosa? Para responder a essa pergunta, Carlos Chagas examinou ao microscópio alguns insetos. E aí, surpresa: dentro de vários deles havia tripanossomos. O tripanossomo é um parasita muito pequeno, composto de uma célula só, e invisível a olho nu. Chagas sabia que parasitas desse tipo causavam doenças — por exemplo, a "doença do sono", na África, assim chamada porque a pessoa afetada fica num estado de sonolência muito grande. Mandou pois a Oswaldo Cruz alguns barbeiros, pedindo que tentasse com eles infectar macacos de laboratório. Vários dias se passaram — Chagas esperando ansioso, como a gente pode imaginar — e então veio a resposta de Oswaldo: um dos macacos tinha adoecido. Chagas deveria ir ao Rio para ajudar a identificar o tripanossomo. O cientista embarcou para o Rio de trem. Na estação, esperava-o um automóvel que levou-o direto para o Instituto. Ali estava o macaco infectado, que claramente apresentava sinais de doença. Chagas examinou o sangue do animal ao microscópio. Ali estava o tripanossomo que, portanto, era mesmo o causador da doença. Podemos imaginar a emoção dos dois cientistas ao constatar esse fato. Posteriormente Chagas denominou o parasita *Tripanossomo cruzi*, em homenagem a seu mestre Oswaldo Cruz.

Bem, agora se sabia que o parasita podia fazer animais adoecerem. Mas e os seres humanos?

A resposta não tardaria.

Em 1909, em Lassance, trouxeram a Chagas uma criança de nove meses, chamada Berenice, que estava com febre e se apresentava muito inchada. O caso não era parecido aos de outros doentes em Lassance, mas mesmo assim Chagas resolveu examinar o sangue da menina. De fato, ali estava o tripanossomo. Aquela era a fase aguda da doença; os outros pacientes já estavam na fase crônica.

Com isso Chagas havia feito um trabalho extraordinário, nunca antes realizado em medicina. Ele:

- descobrira uma nova doença;
- identificara o micróbio que causava essa doença;
- mostrara também como a doença se transmitia aos seres humanos, através do barbeiro.

Pode acontecer que cientistas (como escritores ou artistas) não tenham seu trabalho reconhecido. Não foi o caso com Carlos Chagas. A Academia Nacional de Medicina formou uma comissão de especialistas que foi a Lassance e lá mesmo reconheceu a validade da pesquisa. Em 1910, um dos médicos, o renomado dr. Miguel Couto, propôs que a doença recebesse o nome de Chagas.

A partir daí a enfermidade foi diagnosticada em muitos países das Américas. E Chagas foi muito homenageado. Dois anos depois recebeu o prêmio Schaudinn (que tinha o nome de um grande pesquisador) e que era uma espécie de Nobel para a microbiologia.

Mas isso tudo foi consequência. Tanto no caso de Oswaldo Cruz como no de Chagas, o trabalho que levou a essa glória foi feito em silêncio, ao longo de muito tempo, frequentemente no laboratório. Ali está o cientista, no seu avental branco, olhando por seu microscópio, tentando entender o que se passa num mundo invisível e que muitas vezes é tão misterioso quanto um planeta distante.

Foi exatamente essa cena que o fotógrafo registrou. E, ao fazê-lo, revelou para nós um pouco dessa vida que as pessoas em geral conhecem tão pouco. A ciência é uma excitante e generosa aventura. O trabalho de cientistas como Oswaldo Cruz e Carlos Chagas pode salvar milhões de vidas. Ao mostrar um pouco desse trabalho, o fotógrafo evidencia que ciência é algo feito por seres humanos como nós, por pessoas que precisam de nosso apoio. Mais que isto, pode ter motivado muitos jovens a ingressar numa carreira que tantas contribuições tem dado ao nosso mundo. Máquina fotográfica e microscópio assim se completam e se unem no objetivo comum e generoso de melhorar a vida da humanidade.

Ritual de iniciação de filhas-de-santo, Salvador, 1951.
Fotografia de José Medeiros

Preconceito

Reginaldo Prandi

O retrato é meu mesmo, prestando assim bem atenção, eu vejo que é. Mas faz muito tempo, ah!, se faz. Eu era bem mocinha, nem dezoito anos eu tinha completado. Eu nunca vi esse retrato antes, mas ele deu uma confusão que só. Naquele tempo, cinquenta, sessenta anos atrás, a iniciação no candomblé* era uma coisa séria, não deixavam tirar fotografia, não. Até hoje é proibido. Pode tirar fotografia do orixá dançando em dia de festa, todo bonito, vestido com seus paramentos, conduzido pela equede, embora muitos terreiros não permitam nem isso. Agora, fotografia dentro do roncó, da camarinha, o iaô sentado no pilão com a cabeça raspada, isso não pode, não. Feitura não pode fotografar. Muito menos filmar. Nem ver. Somente quem tem cargo alto no candomblé pode presenciar. A cabeça do iaô coberta de ejé, o sangue, então, vixe! O orixá não deixa, e não tem mãe de santo que vai se atrever a desrespeitar a vontade do orixá. De jeito nenhum. Uma quizila que não

* Ver glossário no final do texto.

tem jeito de quebrar, tabu dos maiores. Quer dizer, às vezes acontece, não é?, olhe aí o meu caso.

Minha mãe de santo deixou fotografar minha feitura de orixá. Fotografaram meus irmãos de barco e eu, saiu tudo na revista. Minha mãe permitiu, que Olorum a tenha, e foi por isso que ela sofreu o que sofreu, era o que diziam. Mas a perseguição de que ela foi vítima foi coisa mais de gente viva que de orixá. O que fizeram ela passar... por causa de umas fotografias, sim, senhor.

Essa fotografia eu estou vendo agora pela primeira vez. Achei tão bonita! Não estou falando de mim, não. O ritual é que é bonito. Eu sou de Oxum, graças a Olorum, mas não sou vaidosa. Mas olhe que a fotografia é minha e não é, porque ali eu estou virada na Oxum, é o orixá que está presente, e qualquer um que olhar com atenção pode ver isso. O corpo é meu, mas o espírito é o da minha santa, um orixá tão lindo, acabado de nascer. Na feitura, a mãe de santo firma o orixá na cabeça de seus filhos; a gente fala que ele nasceu na cabeça do iaô, mas ele já estava lá. Na feitura, o orixá que existe em cada um desperta, não sabe?

O terreiro de candomblé era de Xangô, o orixá de minha mãe de santo, e ficava muito distante do centro de Salvador. Depois do fim da linha do bonde, a gente andava ainda uma hora a pé. Era no meio do mato. Todos gostavam muito do lugar, e lá a gente podia tocar e dançar para os orixás a noite inteira, e a polícia quase não incomodava. Porque a polícia daquele tempo perseguia muito o candomblé, invadia o terreiro, quebrava tudo que para nós era sagrado, e ainda levava preso quem estava lá e não conseguia fugir e se esconder no mato. Sorte que um investigador de polícia era ogã do Xangô de minha mãe e dava cobertura. Se ia ter batida da polícia e ele não conseguia convencer o delegado a deixar a gente em paz, ele avisava, e então a gente não fazia nada e ainda escondia os objetos de fundamento, as coisas sagradas dos orixás, e os homens quando chegavam não encontravam nada e iam embora feito bobos. Nosso irmão policial ajudava muito. Mas se dependesse do resto da polícia, do governo e de muita gente, candomblé não tinha, não. Os padres, tinha os que eram contra e falavam no sermão na igreja que candomblé era coisa do diabo, que era um pecado frequentar um candomblé, mas tinha os que compreendiam e até gostavam.

O padre ia uma vez por ano à casa de minha mãe rezar missa, na festa de Xangô. E olha que o nosso terreiro era muito pobre, mas o padre ia. Ele gostava muito das comidas de santo que a gente preparava para os orixás: o acarajé de Iansã, a feijoada de Ogum, o milho cozido com coco fatiado de Oxóssi, o feijão-fradinho com camarão de Oxum, a canjica com mel de Oxalá. Ele comia de tudo. Acaçá com leite de coco, ele lambia até os dedos. Padre João era de Oxalá, que é o Senhor do Bonfim, mas minha mãe dizia que ele podia comer comida feita com azeite de dendê, o que gente comum de Oxalá não pode. Padre podia, porque padre tem o poder e a autoridade na Terra dados por Oxalá e Olorum. Padre João sempre vinha no carro de uma senhora rica e muito católica, que gostava de ver as danças dos orixás. Ela sempre perguntava se a gente ia à missa aos domingos, se a gente se confessava e comungava, se era batizada. E a gente dizia que sim, e era verdade. Senão, ai de nós! Iam dizer que a gente não era cristã, que adorava o diabo. Então a gente fazia tudo o que um católico faz, e fazia com sinceridade. Sempre foi assim, desde que o primeiro negro foi trazido da África debaixo de chicote. Antes de eu ser recolhida para fazer o santo, minha mãe me levou a sete pais e mães de santo de outros candomblés e cada um jogou os búzios e confirmou que eu era mesmo de Oxum. Eles me repetiam que eu era filha da deusa das águas doces, do ouro, do amor, da fertilidade. E que ela era muito vaidosa, e com razão, mas que eu devia ser humilde. Em seguida minha mãe de santo me levou a sete igrejas e ouvimos sete missas em intenção da minha iniciação. Eu sou de Oxum, mas também sou católica, graças a Deus. Porque Oxum e Nossa Senhora da Conceição são a mesma pessoa.

Ah, essa fotografia! Faz muito tempo, mas eu olho para ela e minha lembrança traz tudo de volta. Fiquei mais de três meses recolhida no terreiro para fazer a iniciação. Depois de umas semanas que eu estava recolhida, entraram os meus dois irmãos de barco. Eu ajudava minha mãe de santo em tudo que era necessidade do terreiro, lavar, passar, cozinhar, mas não podia sair de lá quando estava me preparando para fazer o santo. Nesse período em que estava recolhida, e depois também, durante o resguardo, nunca pus os pés na rua. Cada dia eu aprendia uma coisa diferente, como fazer uma comida, como ralar uma folha, como enfiar direito as contas de um colar. Aprendia a cantar, aprendia passos de dança do meu orixá. Eu dançava muito bem, diziam. Não gosto de me elogiar, porque sou modesta, apesar de ser da Oxum, mas quem via comentava: "A Oxum da menina Isaura tem um pé de dança maravilhoso". E era verdade.

Depois foi chegando o dia de ser trancada na camarinha. Não tinha um dia certo, muita coisa do ritual ainda precisava ser comprada, e o dinheiro era curto demais. Numa tarde, de repente, minha mãe me levou junto com meus dois irmãos de iniciação para a camarinha e disse para a gente agradecer a Xangô, pois um homem bom tinha trazido o dinheiro para comprar os animais e tudo mais que os rituais exigiam. Foi um dia de grande alegria.

Na camarinha o tempo passa muito devagar, e os dias passados ali foram muitos. Toda madrugada eu era acordada com o primeiro canto do galo, ainda escuro. Era levada ao quintal onde tomava banho com água da mina. Depois rezava e comia. Passava o dia aprendendo as rezas, passando fios de contas.* Sempre de branco. Nós três dormíamos em esteiras no chão. A gente não podia se ver no espelho, aprendia a andar sempre de cabeça baixa, só comia o que o orixá de cada um permitia. Tinha que aprender a ser humilde e obediente. Minha mãe fazia os ebós para tirar as coisas ruins que a gente tem, as que a gente pega sem querer e as que os outros mandam. Mãe cantava as folhas enquanto elas eram maceradas na água, e com esse amassi nosso corpo era lavado de tudo que era impureza. Mais para o fim, passei pelo bori, que é a cerimônia de dar comida à cabeça, para ela ficar forte e aguentar o orixá no dia da feitura. Minha mãe virava a gente no erê, a criança que temos dentro de nós. Os erês são espertos para aprender e trabalhar, mas são arteiros e gostam de fugir para o mato. Por isso tínhamos guizos amarrados em nossos tornozelos, pois com o ruído que esses xaorôs faziam, minha mãe controlava de longe toda a movimentação dentro da camarinha.

Chegou o dia. Logo cedo, minha mãe cortou nossos cabelos e depois raspou nossas cabeças com a navalha. Eu fui a última. Meu irmão de Omulu foi o primeiro, porque ele era o dofono do barco, aquele que vem na frente. Para ser raspado, cada um era sentado num pilão virado de boca para baixo. Depois foi a vez de minha irmã de Iansã, a dofonitinha. E por fim eu, que sou a fomo do barco, a terceira. Depois da raspagem fomos banhados com água, sabão da costa e amassi. Em seguida, minha mãe abriu incisuras à navalha no alto da nossa cabeça e onde mais foi preciso. Em volta, mãe e os ajudantes dela iam cantando, cada coisa com sua cantiga. Uma equede tocava um adjá. Eu ia ficando cada vez mais fora de mim, quase nem podia respirar, meus olhos já não enxergavam o que viam. Mãe pintou minha cabeça raspada e meu corpo e pôs no meu pescoço esses colares de contas compridos, que em africano a gente chama de ilequês. E também uma corda de palha trançada, o mocã, que serve para a equede guiar o orixá. O mocã termina numa espécie de pingente, olhe aqui na foto, embaixo. Mãe amarrou em nossos braços os contraeguns de palha para afastar os maus espíritos e depois nos colocou esse colar que fica apertado no pescoço, o quelê, olhe aqui, tem os búzios enfeitando. É o colar mais sagrado do orixá, que o iaô só usa quando está de obrigação. Exige resguardo absoluto. Muito respeito e nada de sexo.

Na minha vez, eu sentada no pilão, meus irmãos deitados cada um em sua esteira, minha mãe mastigou o obi, misturou com os preparos que tinha e fez o oxo. Não dá para ver direito na foto, bem no alto de minha cabeça, uma crista grudada sobre as incisuras. Quando a mãe de santo põe o oxo na cabeça do iaô, o orixá se manifesta. É o momento do tudo ou nada. Com muita cantoria, minha mãe pôs o oxo na minha cabeça. Então o mundo se abriu debaixo dos meus pés. Começou com o coração disparado e a luz minguando nos meus olhos, querendo aumentar a escuridão que ameaçava roubar de mim a consciência. Eu tremia por dentro, e o frio que eu sentia era mais afiado que a faca e cortava mais doído. O coração parecia que ia arrombar meu peito e fugir de mim. Eu não sentia mais os pés e as mãos, só uma dormência que tomava conta do meu corpo. Então meu corpo balançou para a frente e para trás, minha mãe e os outros cuidando para eu não ser tombada fora do pilão. Os presentes gritavam, aplaudiam, chamavam o orixá. E, num solavanco, Oxum tomou conta do meu corpo, e ali já não era mais eu.

Olhe, professor, como eu fico arrepiada!

Eu não via mais nada, não sabia de nada, não queria nada. O que aconteceu em seguida só sei de me contarem, e de ver alguns anos depois na iniciação de outros. Na camarinha, naquela hora, para mim era o mesmo que estar morta.

O orixá estava ali e era o momento de firmar com sangue a nossa aliança. Oxum recebeu em sacrifício uma galinha-d'angola, uma cabra amarela e quatro galinhas. E o sangue desses animais foi derramado no chão de terra da camarinha, no assentamento da Oxum, que estava ali bem na minha frente, com todos os apetrechos dela arrumadinhos numa cabaça junto com a pedra dela, e sobre mim, ali confundida com o orixá. Era a minha união sagrada ao meu orixá e ao povo que pisava o chão da casa. Mojubá, Oxum! Mojubá, Xangô! Salve! Eu estava feita, e meu orixá me acompanharia por toda minha vida. Terminada a matança, enfeitaram meu corpo com as penas das aves, conforme o gosto do africano. Meu corpo estava mais perto da natureza. E assim eu nascia de novo, junto com meu orixá.

Desculpe, sou meio chorona, é a emoção guardada que essa fotografia traz de volta, emoção antiga.

Depois de alguns dias, aconteceu a grande festa no barracão de danças do terreiro, e fomos apresentados ao povo de santo. Nossos orixás voltaram a tomar nosso corpo e, depois de vestidos com seus axós, os paramentos, dançaram suas danças para a alegria de todos os presentes. Foi uma grande festa, e vários alabês vieram de outros terreiros para ajudar a tocar os atabaques. Mais tarde, quando acordei na camarinha e o orixá já não estava mais, me senti tão cansada, as pernas tremiam, os pés comichavam. De tanto que Oxum dançou na sala. Mas a alegria que eu senti foi a maior do mundo.

E assim foi, uma vida nova nascia na minha alma. Tudo era bom, o mundo era odara demais, eu era a moça mais alegre da Bahia. Então saiu a revista. E o mundo veio abaixo.

A revista mudou nossas vidas. Aonde a gente ia, alguém nos apontava com o dedo em riste. Conhecidos viravam a cara, vizinhos davam risada, amigos sumiam. Em casa sofri o primeiro golpe. Meu pai chegou da rua revoltado, bravo, me xingou e me esbofeteou, o que ele não fazia, nem mesmo quando chegava em casa bêbado. Ele não gostava de candomblé e vivia me proibindo de frequentar. Ele disse que eu fiz o santo sem a bênção dele — eu tinha fugido para o terreiro sem falar nada em casa, era verdade — e que agora quem se envergonhava era ele. Tinha até medo de perder o emprego, ele era estivador. Se o chefe descobrisse que aquela palhaçada que a revista mostrava tinha a ver com a filha dele, ele estava na rua. E ele me bateu.

No outro dia, no mercado, ouvi o comentário de duas amigas minhas de muito tempo, que agora me evitavam. Uma disse à outra: "A Isaura, depois que ficou rica com aquelas fotografias nojentas da revista, está se achando muito importante". A outra respondeu: "Tanto que nem fala mais com a gente". Elas é que não falavam comigo! E eu nunca mais procurei essas falsas amigas, segui meu caminho, deixei as duas para trás.

A revista passava de mão em mão, nós nos tornamos, por muitos dias, o assunto preferido da cidade. Os jornais da Bahia só falavam disso e falavam mal, fomos acusados de tudo de ruim que se possa imaginar. Quem era da religião dizia que minha mãe tinha traído o maior dos segredos. Que por causa dela a perseguição ao candomblé aumentaria. Porque os olhos do branco só enxergam sujeira em tudo que vem do negro africano, não conseguem ver ali o que é belo, o que é sublime, o que é santo. Que adiantou o candomblé ter escondido seus segredos por quatrocentos anos, só para se defender, e agora ter tudo devassado? Era o que dizia o povo de santo. Quem não era do candomblé dizia coisa pior. E ninguém se levantou para nos defender, ninguém proferiu ou escreveu uma só palavra na defesa da nossa religião.

Logo depois, meu irmão de Omulu, o dofono, faleceu. Ele tinha tido tuberculose, que o médico disse que estava curada. Com todo o sofrimento que veio depois que a revista saiu, acho que a doença voltou e ele não resistiu. Foram dizer que era castigo do orixá, as fotos dele também estavam na revista. Minha irmã de Iansã foi para a casa de uma tia que morava num sítio em Feira de Santana, mandada pela família, e eu nunca mais ouvi falar dela. Só sobrava eu. Eu enfrentei, eu e mais Oxum.

Não passou um mês e a senhora rica que costumava levar padre João mandou o carro buscar minha mãe de santo no terreiro. Estavam precisando dela, urgente. Para quê, não sei. Nunca soubemos e nunca saberemos. No caminho, o carro desgovernou, bateu numa árvore e matou minha mãe de santo. Sofremos demais, porque minha mãe era a melhor mãe do mundo. Sofremos mais ainda quando ninguém do candomblé, além de nós, compareceu ao enterro e ao axexê que celebramos pela alma dela. Tudo que se dizia na cidade era que fora vingança de Xangô. Isso não bastou. Mesmo com minha mãe de santo morta, nosso terreiro foi riscado da lista da federação. A gente não era mais nada. Fomos banidos de todos os lugares: do candomblé, da igreja, do mercado, das ruas. Só faltaram salgar o chão da nossa casa.

Eu nunca vi as fotos da revista. Quando a gente faz o santo, não pode se olhar no espelho, é tabu. Se espelho não pode, imagine fotografia. Depois pode, mas quando o tempo passou, eu já não queria olhar nada. Minha mãe tinha rasgado a revista que alguém, por maldade, tinha deixado na minha casa. E eu queria esquecer todo o desgosto que tinha sofrido. Porque, onde eu chegava, alguém me apontava e dizia que só o capeta gostava de tomar banho de sangue. Eu já não tinha disposição para tentar explicar para ninguém o que eu aprendi com minha mãe de santo. Que axé é a força dos orixás e é ele que movimenta o mundo e permite todas as nossas realizações. Que o axé está no sangue dos animais, nas plantas e em tudo que vive. Por isso, quando se mata um animal, o axé que corre nas veias não é jogado fora, é aproveitado. E se mata o bicho para quê? Para fazer as comidas, ora. Para comer. Para comer carne tem que matar. Dos animais sacrificados, o sangue, porque tem muito axé, é oferecido ao orixá, que também recebe a cabeça, algumas costelas, mais o rabo, os pés e os miúdos. As penas, olha aqui na foto, a gente usa para enfeitar. O couro dos cabritos e carneiros é usado nos atabaques. Mas a carne boa é preparada e servida aos filhos de santo e convidados presentes na festa que acontece depois. Na hora do ajeum, quando os humanos comem em comunhão com os deuses orixás. Se mata sim, mas para comer. Essa gente que critica a matança do candomblé não come carne? São todos vegetarianos? Vai ver que eles pensam que o bife que eles comem no almoço dá em árvore. Hipócritas! Os orixás também comem, comem com a gente, são nossos antepassados, são a nossa família, precisam ser alimentados. Mas deixam as carnes boas para nós, porque são nossos pais e mães e não querem que seus filhos passem fome. O povo fala do que não sabe. Justo eles, que comem o corpo e bebem o sangue de Jesus nas missas. Essa ignorância me cansa. Desculpe o desabafo.

Bom, passado um tempo, toquei minha vida em frente e frequentei outros terreiros. Fiz minhas obrigações até a de sete anos, quando o iaô tem sua iniciação completada. Já estava casada, e meu marido, que trabalhava de contínuo na Caixa, foi transferido para São Paulo. Não me adaptei à umbanda de São Paulo; o candomblé só mais tarde ia vingar aqui. Mas sempre cuidei de Oxum, sempre fiz as oferendas. Ela sempre me ajudou muito e fizemos uma família, compramos nossa casa, os filhos cresceram, vieram os netos. Sempre pensei em abrir um terreiro para Oxum, mas eu não tenho a força e a ousadia que minha mãe de santo tinha. Esse projeto eu não consegui realizar. Alguns anos após nossa mudança para São Paulo, o candomblé cresceu por aqui, abriram muitos terreiros. Então eu ainda era nova e uma vez ou outra dançava no candomblé de algum pai ou mãe conhecido, gente que veio da Bahia, como eu, ou que ia para lá tomar as obrigações e aprender a religião. Eu ia e levava Oxum comigo, e ela às vezes dançava no meu corpo. Agora já não tenho um corpo sadio para Oxum dançar, estamos velhas.

Com a idade, viúva, os filhos morando longe, só me sobrou aqui em São Paulo minha neta Marina. Por alguns anos, nesta casa, ficamos somente eu e Oxum, só nos duas. Até que Marina achou que eu não podia mais viver sozinha e veio morar aqui com o marido e os dois filhos, que amo de paixão. Mas Oxum continua comigo, graças a Olorum. O assentamento dela está lá no meu quarto, ao lado de minha cama. Mais tarde vou lhe mostrar, se ela deixar. Depois do que nos aconteceu, temos medo de qualquer máquina fotográfica! Gato escaldado tem medo de água fria, não sabe? Mas eu acho que o senhor é gente boa. Senão Oxum não teria deixado o senhor me achar na imensidão desta cidade sem fim, passados tantos anos. E o senhor me achou.

Eu quero lhe agradecer pela foto. Gostaria tanto de pôr esta fotografia num quadro e pregar na parede desta sala. Mas nunca que minha neta deixaria. “Vovó, o que os outros iriam pensar? Que somos um bando de malucos, de selvagens, de macumbeiros, de negros ignorantes?” Marina é uma menina adorável, bonita, estudada, tem bom emprego, é gentil e amiga de verdade, ótima mãe de família, mas era isso mesmo o que ela ia dizer. Ah, se ia!

NOTA

Esta é uma história de ficção baseada em fato real. Isaura e demais personagens foram inventadas pelo autor, a descrição simplificada dos ritos iniciáticos se orienta pela tradição registrada por cientistas sociais, tudo que diz respeito ao preconceito é fato histórico documentado, a foto é verdadeira. Em setembro de 1951, para acompanhar a reportagem "As noivas dos deuses sanguinários", escrita por Arlindo Silva, a revista *O Cruzeiro*, à época lida em todo o Brasil, publicou um ensaio fotográfico de José Araújo de Medeiros (1921-90), que registrou cenas de iniciação em um candomblé de Salvador. José Medeiros, nascido em Teresina, mudou-se para o Rio de Janeiro em 1939, vindo a se tornar um dos mais importantes fotógrafos do país, considerado por muitos o pai do fotojornalismo. Dedicou-se ao registro de cenas do mundo das artes e da política, e de muitos aspectos antropológicos da realidade brasileira, incluindo imagens do futebol, das praias, das ruas, de indígenas e da religião. Era um fotógrafo do cotidiano. No cinema, foi diretor de fotografia de filmes clássicos, como *A falecida* (1965), de Leon Hirszman, *Xica da Silva* (1976), de Cacá Diegues, e *Memórias do cárcere* (1984), de Nelson Pereira dos Santos. Seu ensaio sobre a iniciação em um terreiro baiano, além de reafirmar suas qualidades de fotógrafo brilhante e sensível, rompeu barreiras e criou polêmica.

Acontece que a iniciação no candomblé era e é secreta. A mãe de santo teria permitido o registro em troca de recursos para a compra de animais sacrificiais e outros elementos usados no ritual. Seis anos depois, em 1957, as 38 fotos publicadas pela revista, juntamente com outras mais, compuseram o livro que José Medeiros publicou com o título de *Candomblé*. Em 2009, 58 anos depois da publicação do ensaio em *O Cruzeiro*, as fotos foram republicadas numa nova edição de *Candomblé* pelo Instituto Moreira Salles. A foto que inspirou a história aqui contada está lá. Também é verdade que a mãe de santo que permitiu o registro fotográfico sofreu represálias por parte de adeptos do candomblé e de instituições que os representam. Fatos e depoimentos sobre a reportagem de José Medeiros e Arlindo Silva, pessoas envolvidas e repercussões na imprensa da época podem ser encontrados no livro de Fernando de Tacca, *Imagens do sagrado* (Campinas, Editora da Unicamp e Imprensa Oficial, 2009).

GLOSSÁRIO

ACAÇÁ: bolinho gelatinoso de farinha de milho branco acondicionado ainda quente em folha de bananeira.

ACARAJÉ: bolinho de feijão-fradinho frito em azeite de dendê.

ADJÁ: sineta ritual de metal.

AJEUM: banquete cerimonial; em iorubá, literalmente: vamos comer.

ALABÊ: músico, tocador de atabaque.

AMASSI: água perfumada com folhas sacralizadas trituradas, usada para banhos e outros fins rituais.

ASSENTAMENTO: altar do orixá; representação contendo os principais símbolos materiais da divindade, dispostos numa cabaça, terrina, alguidar ou gamela.

ATABAQUE: tambor.

AXÉ: força dos orixás, energia sagrada contida na natureza e que move o mundo e permite todas as realizações humanas.

AXEXÊ: rito funerário.

AXÓ: roupa, paramento.

BARCO: conjunto dos filhos de santo iniciados juntos.

BARRACÃO: salão de danças do candomblé.

BORI: ritual em que se fazem oferendas à cabeça (ori) do iniciado; cerimônia que precede a iniciação propriamente dita.

CAMARINHA: cômodo do terreiro em que os iniciados ficam recolhidos durante os períodos de iniciação; roncó; clausura.

CANDOMBLÉ: religião afro-brasileira de culto aos orixás constituída na Bahia na primeira metade do século XIX.

CANTAR AS FOLHAS: rito de sacralização das folhas usadas para banhos e limpezas.

CONTRAEGUM: trança de palha da costa amarrada nos braços para afastar os maus espíritos.

DOFONITINHO: membro do barco iniciado em segundo lugar.

DOFONO: membro do barco iniciado em primeiro lugar.

EBÓ: oferenda.

EJÉ: sangue.

EQUEDE: mulher que não entra em transe e é iniciada para cuidar dos orixás e dançar com eles quando incorporados.

ERÊ: espírito infantil.

FAZER O SANTO: ser iniciado para determinado orixá.

FEITURA: iniciação.

FILHO DE SANTO: pessoa iniciada no candomblé.

FIO DE CONTAS: colar ritual feito de miçangas, geralmente de muitas voltas.

FOMO: membro do barco iniciado em terceiro lugar.

IANSÃ: orixá das tempestades; deusa que leva o espíritos dos mortos ao outro mundo, onde cada um aguarda o momento de sua reencarnação.

IAÔ: filho ou filha de santo iniciada para receber o orixá em transe.

ILEQUÊ: *ver* fio de contas.

JOGAR OS BÚZIOS: consulta oracular praticada com búzios para saber qual é o orixá da pessoa; fazer previsões e prescrever oferendas para resolver problemas.

MÃE DE SANTO: sacerdotisa-chefe de terreiro de candomblé.

MOCÃ: trança de palha da costa usada no pescoço pela iaô em meio aos ilequês.

MOJUBÁ: cumprimento usado no candomblé; em iorubá, literalmente: eu te saúdo.

OBI: noz-de-cola.

OBRIGAÇÃO: ritual iniciático.

ODARA: bom, bonito, gostoso.

OGÃ: homem que não entra em transe e desempenha várias funções no candomblé.

OGUM: deus do ferro, da guerra e da tecnologia; orixá sincretizado com Santo Antônio e São Jorge.

OLORUM: deus supremo, criador dos orixás.

OMULU: deus da varíola e da peste; orixá sincretizado com são Lázaro e são Roque.

ORIXÁ: deus de origem iorubá, celebrado no candomblé; são em número de vinte.

OXALÁ: deus que criou o homem; orixá sincretizado com Jesus Cristo.

OXO: cone feito de obi e outros ingredientes sagrados colocado no alto do crânio raspado do iaô no ato da iniciação.

OXÓSSI: deus da caça; orixá sincretizado com São Jorge e São Sebastião.

OXUM: deusa dos rios, da fertilidade e do amor; orixá sincretizado com Nossa Senhora da Conceição.

PAI DE SANTO: sacerdote-chefe de terreiro de candomblé.

QUELÊ: colar bem ajustado ao pescoço usado durante as obrigações.

QUIZILA: proibição, tabu.

RONCÓ: *ver* camarinha.

SABÃO DA COSTA: sabão de origem africana usado nas obrigações.

TERREIRO: templo, local de culto do candomblé e da umbanda.

UMBANDA: religião afro-brasileira de culto aos caboclos e pretos velhos constituída no Rio de Janeiro no início do século XX.

XANGÔ: Deus do trovão e da justiça; orixá sincretizado com são Jerônimo.

XAORÔ: guizo usado no tornozelo pelo iaô.

D. Pedro II fotografado por Carneiro & Gaspar, albúmen, c. 1867

D. Pedro II e a fotografia, cara ou coroa

Lilia Moritz Schwarcz

O século XIX ficou conhecido, entre outros, como aquele em que ocorreu uma verdadeira multiplicação e disseminação de imagens visuais. Se até então era difícil contar com ilustrações em boa parte das edições impressas, ou até mesmo nos jornais, a partir do século XIX as imagens invadiram, literalmente, as páginas dos livros e as folhas dos periódicos. Mas outro fato chama a atenção: enquanto na primeira metade do século abundavam as litogravuras, pinturas e aquarelas, a partir sobretudo do início dos anos 1860, ainda mais no caso brasileiro, torna-se nítido o predomínio do material fotográfico.

A explicação para tal ocorrência está vinculada de forma direta à figura e atuação do monarca d. Pedro II (1825-91), que foi não só um grande incentivador dessa técnica como se tornou, ele próprio, um fotógrafo precoce: afinal, gabava-se de ser (verdade ou não) o primeiro fotógrafo brasileiro, e, ainda mais, o primeiro soberano fotógrafo do mundo. O imperador foi inclusive pioneiro ao conceder seu real patrocínio a um fotógrafo, já em 8 de março de 1851. Nessa época, deu o título de "Photographos da Casa Imperial" a Buvelot & Prat, antecipando-se em dois anos à rainha Vitória, que tratará de criar cargos e titulações semelhantes na Corte inglesa anos depois.

O importante é que a fotografia batia na porta das realezas modernas, que fariam dessa técnica um suporte a mais, fundamental para a veiculação e popularização de sua própria imagem. Se até então os grandes retratos feitos a óleo correspondiam ao estilo preferido pelos soberanos — uma vez que se associavam à proporção e perenidade que representavam esses sistemas, e eram tão imensos como a alegoria que a realeza pretendia passar —, a partir desse contexto a imagem dos monarcas se vincularia à nova técnica: rápida e de grande capacidade de proliferação, porém mais fugaz.

E, não por coincidência, nosso imperador d. Pedro II, dado a todo tipo de modernidade, faria da fotografia seu grande instrumento de divulgação. O primeiro anúncio da invenção do daguerreótipo — técnica de fotografia inventada por Louis Daguerre em 1837, na França — chegou rápido à Corte do Rio de Janeiro, por meio de uma notícia publicada em maio de 1839 no *Jornal do Commercio*. Por outro lado, se em agosto de 1838, em sessão conjunta das academias de Belas Artes e de Ciências, se dera em Paris o anúncio oficial da invenção, já em dezembro daquele ano o francês Hércules Florence, radicado em São

Paulo, publicava o resultado de suas experiências com o novo aparelho, no Brasil. Tudo muito ligeiro e antenado com as novidades do Velho Mundo.

Segundo o estudioso Pedro Vasquez, o imperador adquiriu seu equipamento de daguerreotipia em março de 1840, oito meses antes que esses aparatos fossem comercializados no país, motivado pelas demonstrações do abade francês Louis Compte, que introduzira a fotografia por aqui em janeiro daquele ano. A partir do ano seguinte, já se exercitaria na nova arte, num momento em que o invento acabara de ser introduzido em outros locais. Não sem motivo, o *Jornal do Commercio* de 17 de janeiro de 1840 noticia de maneira eufórica a chegada da nova técnica:

> Finalmente passou o daguerreótipo para cá os mares e a fotografia que até agora só era conhecida no Rio de Janeiro por teoria [...]. Hoje de manhã teve lugar na hospedaria Pharoux um ensaio fotográfico tanto mais interessante, quanto é a primeira vez que a nova maravilha se apresenta aos olhos dos brasileiros [...] é preciso ver a cousa com seus próprios olhos para se fazer ideia da rapidez e do resultado da operação. Em menos de nove minutos o chafariz do largo do Paço, a praça do Peixe, o mosteiro de São Bento [...] se acharam reproduzidos com tal fidelidade, precisão e minuciosidade, que bem se via que a cousa tinha sido feita pela própria natureza, e quase sem a intervenção do artista.

Fidelidade e precisão eram iscas importantes para animar e celebrar a chegada da fotografia, que prometia "milagres" no que se refere à regularidade e objetividade do retrato. "É preciso ver a cousa com seus próprios olhos", dizia o artigo, denotando não só admiração como espanto diante da nova tecnologia que parecia constituir um novo sinônimo para a ideia de modernidade. A velocidade do daguerreótipo atraía essa sociedade em que a rapidez se transformava em emblema de progresso e qualidade. Afinal, essa é a época da invenção do telégrafo, do telefone, do motor a explosão, que em seu conjunto foram concebidos visando solucionar "a pressa" desse século de invenções.

Em 1840, o literato Edgar Allan Poe definia a fotografia como um marco da modernidade: "como um invento representativo do milagre e do potencial mágico dos anos modernos [...] como o mais extraordinário triunfo da ciência moderna". Nas palavras de Daguerre, é notável o orgulho diante de seu novo invento:

> A descoberta que tenho o orgulho de anunciar em público é uma das poucas que, por seus princípios, resultados, e influências benéficas não só para as artes, será das mais úteis e extraordinárias invenções de nosso século. Ela consiste na espontânea reprodução das imagens da natureza, recebidas por uma câmara escura, não com suas cores, mas com gradações de tons. Todos, com a

> ajuda do daguerreótipo, terão a oportunidade de visualizar um castelo ou uma casa de campo; pessoas comuns formarão coleção de todos os tipos [...]. Até mesmo retratos serão feitos, apesar de algumas dificuldades, que precisam ser ultrapassadas para seu sucesso completo.

O suposto é que a técnica vinha para ficar e revolucionar. Permitiria copiar, com extrema realidade, todos os cantos da natureza e da humanidade. É certo que o inventor adiantava limitações do daguerreótipo, que, por conta da abertura demorada das lentes, não permitia fixar qualquer movimento. Afinal, a daguerreotipia implicava um tempo de exposição muito longo, incapaz de registrar com nitidez objetos que se movessem, mesmo que minimamente. Daguerre acabaria retratando o primeiro ser humano ainda em 1839, de maneira totalmente acidental, quando visava captar apenas a paisagem de um parque em Paris. E é por conta dessa imperfeição inicial que, nesse momento, as fotografias apresentariam imagens de cidades fantasmas, vazias de transeuntes, cujas lentes eram incapazes de captar.

De toda maneira, o mito da fidedignidade, o fascínio pelo "real", parecia se revelar por meio da fotografia, e encobria certa carga conotativa, sempre presente nessa técnica, que recortava a realidade através do olho do fotógrafo. Ou seja, era ilusório pensar que a fotografia representaria o fim da subjetividade e o começo da mais absoluta objetividade: a lente sempre se constituiu como uma extensão do recorte do profissional, que, no caso do Brasil, preferia com frequência se deter em "excentricidades" — frutas, animais, costumes — e deixava de captar elementos menos abonadores de nosso cotidiano, como a escravidão e a violência do sistema.

O que importa é que nesse tempo das certezas e de filosofias deterministas e positivas, a fotografia seria incorporada como exemplo de perfeição da representação e de agilidade em seu resultado. Ao lado da fotografia, a locomotiva talvez seja o invento que mais represente essa era da velocidade, das invenções e da falta de fronteiras. O mundo ficava cada vez mais próximo e reconhecível, e não por acaso as novas técnicas, simbolicamente traduzidas, se transformavam em índices do progresso e dessa nova civilização.

Particularmente no Brasil da segunda metade do XIX, em meio a uma sociedade em boa parte iletrada mas carente desse tipo de inovação, as potencialidades de experiências visuais como essa logo seriam percebidas. Se na Corte os fotógrafos passavam a reproduzir não só a cidade, mas sua população, se faziam dos retratos a técnica mais lucrativa, também nas províncias e no interior a técnica ganhava novos fãs. Entre 1840 e 1855, diversas capitais foram visitadas por daguerreotipistas itinerantes, que também fizeram incursões pelo interior, à procura de clientes entre a aristocracia rural.

O fato é que a fotografia se tornava, a partir de então, e também no Brasil, não só ícone da modernidade como marca de status; uma distinção nas mãos de poucos, já que, no princípio, não custava barato. Mas pesava menos no bolso, ainda mais quando comparada aos retratos feitos a óleo, e era sobretudo mais rápida e com resultados mais garantidos.

Os usos e as funções políticas da fotografia tenderam a se expandir, na mesma medida em que dialogaram com o imaginário local através da reprodução de cenas e paisagens, como fizeram Marc Ferrez, George Leuzinger, August Stahl, Albert Henschel, Revert-Henry Klumb, Joaquim Insley Pacheco ou Victor Frond, sobretudo a partir da década de 1870, no Rio de Janeiro, ou Militão, em São Paulo. Mas a fotografia também se transformou em uma forma dileta de enriquecimento pessoal, no caso dos recém-fundados ateliês. Diante da morosidade e dos preços ainda mais elevados dos retratos a óleo, a nova corte urbana aderiria ao retrato fotográfico, feito às dúzias para ser presenteado ou trocado.

É dessa maneira que se explica o sucesso das *cartes de visite*, popularizadas a partir da segunda metade do Oitocentos. A grande maioria dos profissionais em atividade no Brasil do século XIX se dedicou ao retrato — atividade mais bem remunerada e constantemente reclamada pelas famílias de elite, que transformaram a fotografia numa verdadeira febre local. Esses retratos tinham tamanhos bastante fixos (em geral 6 por 9 centímetros), e faziam o gosto da clientela, ávida por esse tipo novo de representação. Utilizava-se normalmente uma câmara com lentes múltiplas, que permitiam a obtenção de quatro a oito fotos em um mesmo negativo. As fotos eram reproduzidas numa folha de papel, e só então recortadas e coladas em um papelão mais encorpado, cujo verso servia para propaganda e divulgação da casa fotográfica que realizara o serviço.

Com poses bem definidas e objetos selecionados, o estúdio se converteu em um palco para a autorrepresentação, e o que variava eram apenas os temas e os motivos: vestimentas que incluíam trajes requintados, chapéus decorados, ternos completos; adornos como bengalas, livros ou relógios de bolso; decorações caprichadas que contavam com colunas, balaustradas e até palmeiras.

Com a voga dos retratos, já nos anos 1860, os clientes passariam a contar com duas opções. O "fisionômetro" e o "fisionotipo" eram aparelhos que procuravam dar à pintura a mesma rapidez da fotografia. O fisionotipo consistia em uma caixa de madeira colocada sobre um tripé, vazada e protegida por um vidro, na qual se manobrava um pantógrafo vertical. O fisionômetro não passava de um molde de gesso para ajudar na tarefa de dar realidade ao "objeto" reproduzido. Todo esse complexo processo era realizado nos ateliês, local onde ocorriam sessões de fotografia que mais se pareciam com práticas de tortura, na medida em que os clientes eram obrigados a permanecer imóveis durante um bom tempo, com a ajuda de instrumentos que lhes prendiam a cabeça. Tudo isso na esperança de evitar que o mínimo movimento invalidasse a foto: um verdadeiro troféu.

Com a especialização desse processo, as sessões se tornaram mais rápidas, eficientes (e fáceis), assim como os custos baixaram sensivelmente. Nos anos 1880, se daria ainda a introdução de um novo formato: o *cabinet size* (de 10,6 por 18 centímetros, aproximadamente), que levou a uma maior comercialização e popularização das fotos.

O importante é que a fotografia entrava no cotidiano local, assim como conferia status aos que dela faziam uso. Se isso era certo para as elites cariocas e paulistanas, o que dizer da realeza, que concentrava em si o poder e a hierarquia? Nesse caso, sujeito (monarquia) e objeto (fotografia) pareciam reforçar-se mutuamente: a técnica garantia modernidade a seu real retratado; já o soberano respaldava não só a novidade da invenção, mas suas potencialidades na arte de "bem representar".

FOTOGRAFANDO A REALEZA

Como se pode imaginar, a família imperial foi das mais fotografadas no Brasil de meados do século XIX em diante. Muitos outros se fizeram fotografar; no entanto, nenhuma família gastou tanto como a Casa Real. Era, inclusive, comum encontrar nos jornais anúncios em que os profissionais expunham sua condição de "fotógrafos da família imperial" como chamariz para outros clientes.

A própria princesa Isabel fora discípula de Revert Klumb, que recebia por suas aulas particulares de fotografia 400 mil-réis por ano. Mas os gastos não se limitavam às aulas da princesa. No livro de Receitas e Despesas da Casa Imperial, consta que no período de 1848 a 1867 d. Pedro gastou, com fotografias de Buvelot, 730$000; com Victor Frond, 9:127$000; com Joaquim Insley, 243$000; com Stahl, 730$000; com Henrique Klumb, 2:815$000; com Carneiro & Gaspar, 1:600$000; com Carneiro & Smith, 1:045$000; com a Casa Leuzinguer, 237$000, o que totalizou 18 contos e 796 mil-réis. Além disso, foram comprados álbuns de Victor Frond e de outros fotógrafos, o que eleva a soma a um total de 22 contos e 528 mil-réis, e corresponde a trinta vezes o valor que o imperador teria recebido para seus gastos pessoais no ano de 1846.

O fato de que o próprio imperador era um fotógrafo acabou por incentivar outros profissionais em atividade no país. Insley Pacheco talvez tenha sido o mais frequente e íntimo fornecedor de imagens da família, mas não o único. Dizia-se que Buvelot e Prat eram os daguerreotipistas favoritos dos monarcas e que recebiam vultosas encomendas, as quais podem ser aferidas a partir dos livros de despesas da Corte. Também Klumb se esmeraria para ficar próximo dos reais governantes, e usaria de suportes até mais originais que o papelão, como o singelo guardanapo onde estampou o retrato da filha mais moça de d. Pedro II, a princesa Leopoldina. De todos os profissionais que cercaram d. Pedro, August Stahl é considerado o mais talentoso, e enriqueceu não apenas guarnecendo de retratos a família imperial, como os vendendo para clientes da Corte — todos ávidos para garantir a seu lado, se não a intimidade, pelo menos uma imagem dos soberanos.

Mas é preciso dizer que, para além dos retratos oficiais que apresentavam os membros da família sempre em trajes de gala e portando olhares altivos, nossos imperadores se sujeitaram a experiências de vários tipos, assim como legaram imagens pouco usuais, que os aproximavam de seus súditos, e das "dificuldades tecnológicas" também por eles experimentadas. A princesa Isabel, por exemplo, numa foto que evidentemente procura testemunhar sua dedicação materna, não conseguiu permanecer totalmente imóvel, ao que parece por conta da criança que trazia aos braços, e saiu tremida.

Já d. Pedro II, atento aos perigos da técnica, não só se sujeitou a sentar em uma cadeira especial e ter sua cabeça imobilizada por um instrumento desenhado para esse fim, como fez questão de divulgar tal imagem. É fácil notar como o imperador parece estar concentrado na tarefa, ao mesmo tempo que, como criador e criatura, se

Princesa Isabel (1846-1921) com um dos filhos.
Fotografia de Alberto Henschel & Cia., 1882

oferece como modelo. Nesse caso, o imperial governante vincula sua representação à nova técnica, numa clara associação entre sua pessoa e as novidades que a modernidade traria.

Sem jamais olhar para nós, é o espectador que acompanha a seriedade do imperador, o qual, como qualquer súdito, se conforma com os "sofrimentos" que a nova técnica traz. Não denunciar movimento; permanecer imóvel (mesmo que com a ajuda de um instrumento) demonstrava disciplina, mas também adesão aos novos tempos, que pediam lá seus sacrifícios.

E com o enraizamento da nova moda, os fotógrafos ambulantes tenderam a se fixar em endereços elegantes, como os hotéis da cidade ou mesmo pequenos recintos nas proximidades da rua do Ouvidor, que cumpria, na cidade do Rio de Janeiro, o papel de centralizar todas as vogas: restaurantes, cabeleireiros, sapateiros, modistas e até sorveterias. Para se ter ideia da penetração da técnica, basta mencionar que a partir de 1854 o próprio jornal *Almanaque Laemmert*, que se incumbia de noticiar todos os eventos da Corte, passara a ter uma seção denominada "Officinas photographicas", e a partir de 1866 apenas "Photographos". A moda vinha mesmo para ficar...

Com a chegada dos anos 1870, a concorrência se torna ainda mais agressiva e os preços baixam. A Casa Modelo Carneiro, por exemplo, em anúncio na *Gazeta de*

D. Pedro II, numa sessão de fotos, com o apoio de cabeça para que a imagem vingue, s.d.

Notícias de 2 de fevereiro de 1878, expõe desta maneira seus novos e convidativos preços:

> Os proprietários deste estabelecimento, sempre solicitados em acompanhar todos os progressos que se realizam na sua arte, tendo feito frequentes viagens à Europa [...] participa aos fregueses que acaba de chegar de Paris o seu sócio Tavares trazendo novidades! Todos os sistemas! Todos os melhoramentos! [...] Sendo praxe dessa casa entregar os melhores retratos e mais baratos.
>
> • redução de preços:
> Uma dúzia de retratos em cartão de visitas – 5$000
> Uma dita de ditos esmaltados – 12$000
> Uma dita de ditos imperiais – 15$000...

Preços mais baixos, rapidez, objetividade e lustro eram chamarizes poderosos para converter a nova tecnologia numa voga segura. Por seu lado, d. Pedro II, partidário de experiências e novas modas, passa a fotografar e se fazer clicar com insistência, sobretudo a partir da década de 1850, quando a fotografia propriamente dita viria a substituir o daguerreótipo, e até mesmo competir com a pintura a óleo, no país. Ou melhor, se não chegou a substituir totalmente, já que grandes pinturas continuariam a ser realizadas pelos artistas acadêmicos da época — como Victor Meirelles e Pedro Américo —, a técnica ganhou grande espaço entre os interesses e devoções do monarca. O imperador não só enviou centenas de retratos aos amigos, parentes e personalidades do mundo todo, como fez autorretratos, e animou-se a tomar parte de experiências fotográficas.

Ainda que na maior parte dos exemplos de retratos fotográficos d. Pedro e a família imperial posem de maneira ritual, denotando sua posição na hierarquia da sociedade, em alguns poucos casos se percebe certa descontração. Isto é, assim como nas pinturas oficiais, a imagem da realeza deveria surgir distanciada, afastada e elevada em relação aos súditos. E tal filosofia seria transplantada para a técnica da fotografia, que, com seus truques, também pretenderia destacar uma certa aura dos governantes, que jamais riem e parecem sempre cientes de sua situação e posição.

No entanto, em duas ocasiões se nota a intenção do imperador de experimentar a nova técnica. Se já falamos da foto em que d. Pedro surge imobilizado pelo aparelho que mantém sua cabeça ereta e imóvel, no caso seguinte o soberano assume posição ativa e explora as potencialidades do daguerreótipo. Por duas vezes o monarca testa a nova tecnologia. Na primeira, a imperatriz Teresa Cristina, que parece um pouco entediada diante dessa sua função, é objeto de uma montagem. Do lado direito, ereta, parece observar o devir. À esquerda, sentada, olha para o mesmo lado, com a mão pousada no rosto, e apoia-se numa mesa, com certeza para garantir que a foto chegasse a bom termo e não resultasse trêmula. A montagem deve ter causado surpresa na Corte, que viu sua imperatriz surgir "duplicada na foto", como a revelar que era muitas em uma só.

Entretanto, a foto de 1867 que abre este ensaio, feita por Carneiro & Gaspar, com certeza despertou ainda mais atenção por conta da "dupla" que a acompanhava. Em mesmo formato vertical, aparece agora d. Pedro II, vestindo seu traje de cidadão, mais adequado à situação em que se encontra. Repetindo o jogo, mas de maneira oposta, vemos do lado esquerdo o imperador ereto, e do lado direito sentado, apoiando o braço em uma mesa, porém dessa vez sob um livro. Se a pose revela intenção de repetição, os detalhes mostram resultados diferentes da fatura. Na mesa da imperatriz vemos flores; na do imperador, um livro. Nada mais exemplar do que associar a técnica à cultura e à concepção de que esse era mesmo um soberano mecenas, erudito, emancipado pelo estudo, e não pela posição hierárquica que ostentava.

Numa época em que os clientes pediam fotos comportadas e até sisudas, reveladoras de uma posição social segura, os monarcas brincavam com as possibilidades da técnica, ou se davam ao luxo de revelar a encenação presente em qualquer fotografia. Como vimos, todo ateliê guardava seus truques. Isto é, balaustradas, paisagens ao fundo, roupas especiais, bengalas, sapatos, chapéus de diferentes formatos faziam parte das artimanhas de nossos profissionais, que conseguiam, com suas lentes, transformar qualquer cidadão em um nobre, um sujeito abonado, uma dama de berço, ou um cavaleiro de origem... o que valia era a vontade do cliente. O importante era não revelar os truques da magia, e naturalizar o que era, no mínimo, artificial; quase cena de teatro.

Quanto mais "real" fosse esse ambiente, mais satisfeito saía o cliente — que, como sabemos, "tem sempre razão". Por isso valia de tudo, até tornar mais claras as peles escuras do grosso da população, disfarçar as marcas do trabalho, aliviar a falta de erudição. Livros, lentes de aumento ou de leitura, globos eram objetos estimados, e incluídos nos lugares mais inesperados; mas eram sobretudo corriqueiros, presença cativa nas fotos. Parecia ser preciso disfarçar essa sociedade de passado recente, cujas marcas eram visíveis no cotidiano, mas imperceptíveis com certa maquiagem social. Cabia, pois, ao fotógrafo atuar como uma espécie de bom feiticeiro, que, com sua varinha de condão, levava os "serviçais" ao baile real, vestidos como sempre imaginaram ou desejaram. Não por coincidência, portanto, eles se transformaram em profissionais populares, sendo reconhecidos nos logradouros públicos, e instalando seus estabelecimentos nas ruas de comércio mais elegante; de frequência não só constante como selecionada. Ia-se a um fotógrafo não só para se fazer fotografar, como para se "fazer distribuir". Não raro se enviavam tais imagens para parentes, amigos, amantes, colegas, e elas serviam como troféus de "enobrecimento", marcas indeléveis de distinção.

Mas o que faziam nossos soberanos quando se deixavam fotografar em situações pouco previsíveis? Por que legar imagens em que permitiam escapar de sua condição diferenciada para surgirem mais "normais" do que seus súditos? Qual a razão de abrir mão de tantos aparatos e, ao contrário, deixar a nu as possibilidades e limitações da técnica? Ao que tudo indica, nesse caso "o rei *queria* estar nu", fazendo alusão ao famoso conto de Hans Christian Andersen, e mostrar como ele próprio era um experimento.

Não que o monarca deixasse de fazer fotos oficiais e de distribuí-las pelo país. Na verdade, a prática havia começado com o próprio soberano e era imitada por seus súditos. A sequência de fotos a seguir por exemplo, funciona quase como contraponto da encenação que acabamos de observar. Sempre sério, portando um olhar dissimulado, d. Pedro é antes uma representação máxima de seu Estado, seja portando trajes reais, seja vestido como um monarca cidadão. E como esta, existe quase uma centena de outras, que serviram para multiplicar e potencializar a imagem do governante real. Se ele não podia estar em todos os lugares, aí estava a sua imagem e sua representação pública.

D. Pedro II fotografado por R. H. Klumb, albúmen, c. 1875

As fotografias significaram, dessa maneira, uma forma especial de divulgar a imagem do rei, que por meio delas poderia estar presente (e até atuante) em todo o seu vasto domínio. Além do mais, à diferença das pinturas a óleo (cujo resultado era sempre imprevisível), ou das gravuras (que tinham as matrizes sob tutela dos próprios artistas), no caso do daguerreótipo ou da fotografia em papel, o monarca guardava maior controle acerca da imagem que pretendia reproduzir: selecionava, orientava, quando não conduzia os trabalhos. E as fotos foram tantas, e distribuídas de maneira tão eficiente, que de fato d. Pedro seria lembrado por sua representação em branco e preto e em formato *carte de visite*.

Por isso, a foto experimental de d. Pedro e Teresa Cristina só poderia ter sido feita tendo como modelo o casal imperial. Ou melhor, ela só teria graça se contasse com personagens da estatura deles e servisse como uma espécie de piada alusiva: um contraponto. Diz o antropólogo Clifford Geertz que não se ri de nada. A piada só faz sentido quando instaura um universo de sentidos, silenciosamente partilhado. Foi também o que demonstrou o historiador Robert Darnton ao analisar um episódio ocorrido pouco antes da Revolução Francesa, quando um grupo de tipógrafos assassinou, às gargalhadas, alguns gatos prediletos da dona da fábrica, que havia se ausentado. E mais: os trabalhadores imitaram o ritual de um julgamento, só que para os gatos, devidamente acompanhado por montanhas de risadas. Como diz Darnton, menos do que entender a piada, vale a pena pensar do que se ri. Não entender uma piada ou uma ironia faz parte da sensação de se estar em outro universo cultural que não o nosso.

O historiador, que buscava com sua pesquisa entender o imaginário anterior à Revolução Francesa, mostrou que com tal julgamento os operários na verdade encenavam seus próprios senhores, e ainda mais: os condenavam. Naquele ambiente, os gatos representavam, pois, as desigualdades sociais vigentes antes da Revolução e, assim, o ato individual era antes um apelo à conjuntura de época, um termômetro a aferir a elevada temperatura daquele momento. É por conta de tantas alusões que o espetáculo não era entendido como violência gratuita, mas antes como boa piada. Já o sentido da graça ficou recluso aos que compartilhavam de tal ambiente.

Voltemos agora a nosso rei, e sua imagem duplicada. Com certeza, alguma graça havia em tal encenação, e nossa dificuldade é tentar entender o humor. Quem sabe, nesse caso, o excesso tenha funcionado como uma alusão poderosa, e d. Pedro ria da própria proliferação de sua imagem, didaticamente duplicada. Ora, assim como era comum encontrar uma foto de d. Pedro nas repartições, teatros e palácios, ela também poderia ser encontrada em lojas, restaurantes e até nas paredes das casas. O imperador se convertia, assim, em amigo próximo, figura onipotente, já que sempre presente.

Assim, só vamos entender a piada se a compararmos e contrastarmos com outras fotos; aliás, com as fotografias mais associadas à figura imperial. O interessante é que, nas fotos mais corriqueiras, d. Pedro mais parece um simulacro, no sentido de estar sempre "no lugar de". Distante, ereto como uma estátua, sério e compenetrado, vestido com rigor, olhar evasivo... nas fotografias oficiais o soberano era sempre uma performance, um teatro da sua condição. A foto dele, pendurada nas salas ou repartições, disposta em um porta-retratos, reproduzida em um cartão, tinha o efeito de retirar o vazio da parede; ocupava a posição da imagem de um pai sereno mas severo; de um santo deste mundo, ou da ausência de qualquer outra representação. Se o imperador não podia estar em todo o país, sua foto corria as estradas e ocupava todos os espaços. Não obstante, no nosso exemplo duplicado, em vez da imagem impávida, imóvel, rígida, forte como devia ser o reino, surge um d. Pedro que brinca e se expõe. Daí a graça e a piada.

Por outro lado, adepto das novas vogas, cabia ao soberano aclarar os bastidores das fotografias e mostrar a artificialidade da operação. Se os demais clientes se nutriam do teatro e do ritual da fotografia, o monarca, acima dos demais, brincava com ela.

As imagens duplicadas também são muito diferentes do autorretrato de 1860, cuja autoria é atribuída ao próprio d. Pedro. Nessa foto, com sua pose napoleônica cada vez mais habitual, o monarca é um exemplo de seu lugar e condição, e a fotografia não passa de um instrumento interessante para potencializar a visibilidade da monarquia.

Dessa vez, a imagem não desdiz a condição, antes a revela. A julgar que tenha sido mesmo um autorretrato, pode-se arriscar que essa seria, no limite, a imagem oficial que d. Pedro gostaria de guardar de si. Porte sério, apoiado em uma balaustrada, jaqueta e mão próxima à barriga, o monarca nesse caso é a própria personificação de seu Estado, a imagem segura desse Império que se pretendia eternizado. Engraçado como tanta experiência — e a dificuldade de se autorretratar — combine com a cristalização de um retrato oficial. Se nada podia se mover, pois o daguerreótipo não reproduzia bem o movimento, era também essa a representação oficial do Império brasileiro: estável, etéreo, para sempre. Mas nada era para sempre: nem a monarquia brasileira, e muito menos a fotografia, que também não resistia à ação do tempo.

Talvez a prática da fotografia explique, ao lado das facilidades que a nova técnica oferecia, o grande aumento de imagens que se verifica nesse momento. A fotografia permitia multiplicar a visibilidade da realeza e ampliar as situações em que se via retratada. Utilizando-se de uma aura de objetividade, o monarca surgia nas fotos de forma "real", por mais que a paisagem, os elementos, a

D. Pedro II no Palácio de São Cristóvão, Rio de Janeiro.
Provável autorretrato, c. 1860

expressão e a indumentária, muitas vezes, criassem ambientes em tudo imaginários. Pensadas dessa maneira, as fotografias do rei eram sobretudo representação e jogo de cena. Diante da realeza, que traz consigo a ideia da imortalidade, a nova técnica permitia a ilusão da eterna perenidade das coisas e transformava-se em um ícone de época. Ela e seu rei: tal qual a imagem do médico e do monstro. De um lado, o daguerreótipo representava a modernidade; de outro, permitia a nosso imperador cientista experimentar-se e fazer-se apresentar a partir desse novo símbolo dileto desses tempos ligeiros.

Não se sabia, à época, que o daguerreótipo não era feito para durar para sempre. Também nosso monarca não poderia prever que seu Império duraria apenas até 1889. "Males" da modernidade e da lógica do acaso. Afinal, como dizia o conselheiro Aires, personagem famoso da galeria de tipos de Machado de Assis: "as coisas só são previsíveis quando já aconteceram".

BIBLIOGRAFIA

BAKTHIN, Mikhail. *A cultura popular na Idade Média e no Renascimento: o contexto de François Rabelais*. São Paulo: Hucitec, 1983.

BLOCH, Marc. *Os reis taumaturgos*. São Paulo: Companhia das Letras, 1993.

BURKE, Peter. *A fabricação do rei: a construção da imagem pública de Luís XIV*. Rio de Janeiro: Zahar, 1994 (1ª ed., 1985).

CUNHA, Lygia da Fonseca Fernandes da. "Fisionotipo e fisionotraço. Métodos práticos para desenhar retratos". In: *Revista do IHGB*, Rio de Janeiro, 1984.

DARNTON, Robert. *O grande massacre de gatos e outros estudos de historiografia francesa*. Rio de Janeiro: Paz e Terra, 2000.

DUBOIS, Philippe. *O ato fotográfico*. Campinas: Papirus, 1994.

ELIAS, Norbert. *La société de cour*. Paris: Calmann-Lévy, 1974.

FERNANDES JUNIOR, Rubens; CORRÊA DO LAGO, Pedro. *O século XIX na fotografia brasileira*. Rio de Janeiro: Francisco Alves, s.d.

FERREZ, Gilberto. *A fotografia no Brasil (1840-1900)*. Rio de Janeiro: Funarte, 1985.

FRANCASTEL, Pierre. *A realidade figurativa*. São Paulo: Perspectiva, 1993.

GEERTZ, Clifford. *Interpretação das culturas*. Rio de Janeiro: Guanabara Koogan, 1973.

KANTOROWICZ, Ernst. *Les deux corps du roi*. Paris: Gallimard, 1989.

MAUAD, Ana Maria. "Imagem e autoimagem no Segundo Reinado". In: ALENCASTRO, Luiz Felipe de (Org.). *História da vida privada II*. São Paulo: Companhia das Letras, 1997.

VASQUEZ, Pedro Karp. *Fotógrafos pioneiros no Rio de Janeiro: Victor Frond, George Leuzinger, Marc Ferrez e Juan Gutierrez*. Rio de Janeiro: Dazibao, 1990.

______. *Dom Pedro II e a fotografia*. Rio de Janeiro: Index, 1985.

Arquipélago dos Alcatrazes, 1911. Fotógrafo desconhecido

Alcatrazes

Alberto Martins

A Benvindo Eduardo dos Santos

1

Uma noite, quando eu ainda morava em Santos, precisei abrir uma enciclopédia para procurar informações sobre a minha cidade. Na página impressa não reconheci quase nada da minha experiência, que se resumia, na época, ao quarteirão de casa e aos caminhos da casa até a praia, o clube, a escola. Porém, no meio do texto havia uma foto. Ela mostrava o prédio do Aquário Municipal e um ângulo do jardim da praia, com seus canteiros de flores bem desenhados, os chapéus-de-sol, os bancos de cimento. Diante do Aquário, havia um homem de chapéu e paletó.

Nunca tive dúvidas de que o assunto principal da fotografia era o Aquário, a grande atração turística da cidade, que abrigava, em pequenos tanques de vidro, peixes e animais de várias partes do mundo. Entretanto, quando me lembro daquela foto, meu pensamento é atraído sobretudo por aquele homenzinho que, de dentro da fotografia, ainda hoje parece me observar com a mesma curiosidade com que eu o observava.

Podiam existir mil razões — ou nenhuma — para ele estar ali. Não importa. Nada é tão importante quanto o fato de que ele simplesmente *está ali*: um homem que cruza o calçadão da praia num dia qualquer da segunda metade do século XX, que volta o rosto para o fotógrafo no momento exato em que a foto é tirada, e desde então tem o seu olhar fixado nas páginas de um livro. Um homem curioso, que já deve ter morrido e cujo nome ninguém mais recorda, mas que — justamente por sua curiosidade e anonimato — nos toca tão de perto, a todos nós, para sempre anônimos e curiosos leitores de enciclopédias.

2

Fotografias podem ter essa força e nos tocar inesperadamente. Dizer que elas detêm o tempo, que congelam o instante, talvez não seja o mais acertado. Elas realizam, isso sim, um corte no tempo. Por meio desse corte, o presente em que vivemos é atravessado por outras presenças. Numa fotografia que tenho entre os dedos, posso ver algo que está longe, e naquilo que está longe posso reencontrar algo muito próximo. Por isso a fotografia — que é muitas vezes empregada como documento, isto é, como um registro com caráter de prova ou comprovação — é para mim, antes de mais nada, lugar de devaneio. Devaneio sobre o espaço e sobre o tempo. É disso que trata este texto.

3

A fotografia que escolhi para comentar não traz, à primeira vista, nenhuma figura humana. Parece constituída apenas por natureza. Um conjunto de ilhas rochosas se ergue abruptamente do mar, que se espalha pela imagem de lado a lado. Além da pedra e da água, presenças dominantes, há nuvens, um pouco de vegetação sobre o cocuruto de duas ou três ilhas e uma faixa ondulada de litoral ao fundo.

Ela retrata o arquipélago dos Alcatrazes, que fica a pouco mais de 30 quilômetros da costa do Brasil. Sua ilha principal, que aparece no centro da foto, está a 24 graus e 6 minutos de latitude sul, e a 45 graus e 41 minutos de longitude oeste. A fotografia foi tirada por um integrante da Comissão Geográfica e Geológica do Estado de São Paulo na data de 26 de novembro de 1911, quando—isso é o que registra o relatório da expedição—, "depois de quase uma semana de tempo nublado, o dia amanheceu particularmente límpido e transparente".

Todas essas informações são importantes, mas não traduzem o que sinto diante da foto. Assim como para compreender o sentido de uma palavra precisamos de outras palavras, para apreender o sentido de uma imagem muitas vezes precisamos de outras imagens. No meu caso, para compreender essa fotografia do litoral, preciso antes recorrer a outras duas imagens que não são fotográficas, mas se gravaram em mim de forma duradoura durante uma viagem pelo interior da América do Sul.

4

Fevereiro de 1984. Minha mulher e eu tomamos o ônibus em Santiago do Chile com destino a Mendoza, na Argentina. A certa altura da estrada que cruza a cordilheira dos Andes, comecei a reparar na paisagem de pedra que nos cercava: o ônibus avançava no meio de encostas pardacentas, os picos de pedra pareciam crescer cada vez mais e se destacar do fundo azul do céu para invadir as janelas do ônibus, atravessar seus vidros, atravessar meus olhos... Eu não saberia como descrever aquela paisagem. Aqueles picos não cabiam em nenhuma língua conhecida. Aquilo era a Natureza-Natureza. Nenhuma palavra, nenhuma imagem era capaz de abarcar a sua imensidão, a sua impenetrável *minerabilidade*. Naquele momento, a cordilheira dos Andes foi para mim o infinito: aquilo que não cabe em lugar algum. Aquilo que é impossível dizer. E durante boa parte do trajeto permaneci em silêncio, abismado, atônito.

Até que, contrapondo-se ao que via pela janela, me veio à mente outra paisagem, experimentada pouco antes durante a mesma viagem: o trecho de ruínas, vales, caminhos e povoados que compõem o circuito turístico de Cuzco e Machu Picchu, no Peru. Na volta de uma excursão, fomos surpreendidos pela noite. Como estávamos no meio do caminho, buscamos abrigo, junto com outros viajantes, num galpão precário que o dono improvisara em estalagem. Num canto, acomodado no chão de terra batida, um casal de camponeses descascava batatas. Eram surdos-mudos, explicou-nos o dono. Eles permaneceram horas no mesmo lugar, realizando a mesma operação: tiravam um monte de batatas de um grande saco e as ajeitavam sobre as pernas; depois descascavam uma a uma com uma pequena faca e as empilhavam, limpas e sem casca, sobre a terra.

De manhã, pegamos carona na carroceria de um caminhão que levava camponeses para o trabalho. Subimos com pressa, disputando espaço com cabras, patos e galinhas. Bem perto de mim, quase na altura dos olhos, os pés disformes de um camponês. Os dedos saltavam de dentro do couro das sandálias como as batatas sujas de terra da noite anterior. Olhei ao redor e vi que todos os pés naquele caminhão eram batatas.

Só três semanas mais tarde, dentro do ônibus que cruzava a cordilheira dos Andes, eu me dei conta do valor humano que encerrava a paisagem dos arredores de Cuzco. Nesta, era impossível entender o homem sem a terra, a terra sem o homem. Até então eu nunca havia experimentado esse contraste de forma tão violenta. Duas naturezas muito próximas e inteiramente opostas. Uma, impensável, impenetrável. Outra, que não só fazia parte do humano, como o revelava e era revelada por ele.

5

Quando olho a foto de Alcatrazes, experimento um pouco dessas duas naturezas. Ou melhor, desses dois tempos que existem na natureza. No primeiro, ela me recorda a grandeza dos Andes, talvez menos assustadora, mas igualmente grandiosa, como se estivéssemos assistindo à primeira manhã do mundo. Ela me recorda também uma frase do escritor Oswald de Andrade, que está no fragmento 34, intitulado "Tenerife", de seu livro *Memórias sentimentais de João Miramar*, de 1924:

> *A ilha saía inteira da manhã saída do mar.*

Oswald, e esse livro em particular, é dotado de uma ironia demolidora. No entanto, penso que nessa passagem o narrador está dando voz a um espanto genuíno ao ver, bem na sua frente, as ilhas de um arquipélago emergirem no meio do Atlântico.

No livro, ele está se referindo ao arquipélago das Canárias (Tenerife fica nas Canárias), mas isso não tem importância: sua frase se aplica muito bem aos Alcatrazes. Ela concentra em algumas sílabas o sentimento de maravilha, de assombro verdadeiro, que nos toma diante da estupenda estranheza do meio natural, em que uma coisa parece nascer da outra como que por milagre, incessantemente. Aliás, a palavra natureza, em sua origem, quer dizer justamente isto: ela vem do latim *natura*, que significa "o que nasce", "o que há de nascer".

Na frase-poema de Oswald de Andrade, cada elemento brota de dentro do outro segundo uma lógica que é muito mais de ordem poética que estritamente racional. O poeta está exercendo aqui a prática de "ver com olhos livres", que ele mesmo propôs em seu *Manifesto da poesia pau-brasil*, escrito no mesmo ano de 1924. Lá ele anuncia: "Nenhuma fórmula para a contemporânea expressão do mundo. *Ver com olhos livres*".

6

Ilha, manhã, mar. Quando ouço, vejo e absorvo o espanto de Oswald de Andrade diante do arquipélago das Canárias, eu também me torno contemporâneo desses acontecimentos. Coisa muito semelhante acontece quando observo atentamente a foto de Alcatrazes — e me torno contemporâneo de seu nascimento.

Talvez seja exatamente este o papel da poesia: tornar mundo e humanidade contemporâneos, isto é, permitir que compartilhem tempos comuns — mesmo que esse tempo nem sempre seja o da beleza e da admiração, como na frase-poema de Oswald, mas um tempo de pergunta e inquietude, como ocorre num poema de Carlos Drummond de Andrade de que me lembro agora, intitulado "A folha":

A natureza são duas.
Uma,
tal qual se sabe a si mesma.
Outra, a que vemos. Mas vemos?
Ou é a ilusão das coisas?

Quem sou eu para sentir
o leque de uma palmeira?
Quem sou, para ser senhor
de uma fechada, sagrada
arca de vidas autônomas?

A pretensão de ser homem
e não coisa ou caracol
esfacela-me em frente à folha
que cai, depois de viver
intensa, caladamente,
e por ordem do Prefeito
vai sumir na varredura
mas continua em outra folha
alheia a meu privilégio
de ser mais forte que as folhas.

Este poema está no extremo oposto da frase de Oswald. Aquela falava de nascimento, aqui o assunto está bem mais perto da morte. Diante de uma folha que cai e em breve "vai sumir na varredura" da cidade, o poeta se dá conta da distância que existe entre ele e a natureza. Esta lhe aparece como uma *arca sagrada*, porém *fechada*, repleta de *vidas autônomas* que lhe são indiferentes. Na sua *pretensão de ser homem*, o poeta não apenas descrê da possibilidade de ter algo em comum com a natureza como duvida da possibilidade de que possa realmente vê-la: "Mas vemos?/ Ou é a ilusão das coisas?".

Drummond foi, por temperamento e aspirações, um poeta muito diferente de Oswald de Andrade. Mesmo em seus momentos de maior encantamento com o mundo, parece guardar uma distância, uma reserva. Para ele, a realidade é no fundo um árduo aprendizado que desgasta o homem, sem que isso lhe traga necessariamente nenhuma recompensa.

Se tomo emprestados os óculos de Drummond e com eles examino a fotografia de Alcatrazes, começo a perceber que as pedras têm marcas e rachaduras. A vegetação também não é a mesma por toda parte. A natureza vive processos — e esses processos têm uma história. Imagino que foi assim que surgiu o que chamamos *ciência*, uma tentativa do homem de compreender os processos que ocorrem na natureza.

7

Mas antes de ouvir o que a ciência tem a dizer sobre o arquipélago dos Alcatrazes, quero voltar ainda uma vez a Oswald de Andrade. Quando ouço novamente sua frase-

-poema, me dou conta de que ela também faz referência a processos que já aconteceram. Vejamos: o verbo que conecta um elemento da frase ao outro — sair — aparece de duas maneiras. Na primeira, é empregado no pretérito imperfeito, que indica uma ação em curso, que está acontecendo. Posso imaginar que "a ilha *saía* inteira da manhã", enquanto o poeta a observava.

Mas quando o verbo surge uma segunda vez já transmite, ao contrário, a sensação de tempo transcorrido. Agora ele assumiu sua forma nominal, de particípio, que designa uma ação encerrada: "manhã *saída* do mar". Posso compreender que, enquanto o poeta presenciava a cena da qual era contemporâneo, alguma coisa já havia acontecido. Alguma coisa que tem o caráter irreversível de todo nascimento — a manhã estava *saída*, isto é, ela já estava do lado de fora do mar.

De fato, quando desembarcamos no mundo, muita coisa já aconteceu. Ao mesmo tempo, muita coisa continua acontecendo. O mundo é, simultaneamente, *maravilha* que acaba de nascer e *história* que nos precede e ultrapassa em várias direções.

De minha parte, penso que a poesia é a única língua que temos para dizer verdadeiramente o nosso assombro diante do mundo. No fundo, a poesia não quer apenas dizer o assombro, mas experimentá-lo, vivê-lo, revirá-lo intensamente e pelo lado de dentro. Por isso ela tem a liberdade de criar — e contrariar — as próprias regras.

Ela aposta na intuição e ganha quando sintetiza e concentra a expressão. A ciência também é filha do espanto original. Mas, ao contrário da poesia, necessita de métodos e aposta sobretudo no raciocínio e na análise para decompor os fenômenos e compreender como as coisas *tornaram-se o que são*.

Entre dizer o que as coisas "verdadeiramente são" ou compreender como "tornaram-se o que são", há uma pequena diferença — e nessa diferença está "toda a graça", dirão os poetas; ou "toda a ilusão", podem responder alguns cientistas. Mas o que importa é que poesia e ciência são dois modos de explorar o mundo e, com frequência, se deixam contaminar um pelo outro.

É o que acontece, por exemplo, com as hipóteses da ciência para explicar a formação do litoral brasileiro, que me parecem repletas de possibilidades poéticas. Se entendo corretamente, há cerca de 35 mil anos Alcatrazes encontrava-se tal como hoje: separado do continente por quilômetros e quilômetros de água. Com o início da glaciação, ocorreu uma "regressão marinha", isto é, um processo de rebaixamento do nível do mar que durou 20 mil anos. O mar chegou a ficar então 110 metros abaixo de seu nível atual. Quer dizer: se estivéssemos vivos 15 mil anos atrás, poderíamos caminhar tranquilamente da Ponta da Praia, em Santos, até os morros de Alcatrazes, atravessando uma extensa planície de areia coberta por vegetação baixa (semelhante à que existe hoje em Cabo

Frio, no Rio de Janeiro), tomando cuidado para desviar, aqui e ali, de grandes poças de água salgada.

Imagine só: caminhar pelo fundo do mar! Quando era criança, minha mãe me contou uma história que nunca esqueci. Ela leu numa revista que, estudando a tábua das marés, os cientistas calcularam que em determinado dia numa praia da Bretanha, no litoral da França, haveria uma maré baixa fora do comum. Na hora prevista, milhares de pessoas reuniram-se na praia debaixo de uma chuva fina e, vestidas de capa, guarda-chuva e galochas, passaram a seguir o mar que se afastava em direção ao horizonte. Naquele dia a maré recuou 11 quilômetros! Na areia molhada que pouco antes era o próprio fundo do oceano, as pessoas descobriram um polvo gigante, caranguejos enormes, conchas incríveis e cascos de navios naufragados durante a Segunda Guerra Mundial. Até hoje esse acontecimento me fascina: pensar que aquilo que estava coberto pelas águas ficou, por algumas horas, exposto a céu aberto. Como se tivéssemos acesso, em plena luz do dia, a um tesouro submerso.

8

Agora vamos deixar o litoral da França e voltar para o Brasil. Guardadas as diferenças, foi num movimento parecido — em que o mar recuou vários quilômetros, e num período de tempo não de algumas horas mas sim de milhares de anos — que a maior parte das plantas e dos animais do continente chegaram aos Alcatrazes. Depois, há cerca de 8 mil anos, o mar voltou a subir, as águas cercaram novamente os morros e os transformaram em ilhas.

Desde então os dois ecossistemas — o arquipélago e o continente — tiveram desenvolvimentos ligeiramente diferentes. Tanto que hoje, embora apresentem flora e fauna equivalentes às da mata atlântica, que cobre a serra do Mar, as ilhas de Alcatrazes têm pelo menos uma espécie de cobra, a *Bothrops alcatraz*, e uma flor de lindo nome, a *Sinningia insularis*, também conhecida como rainha-do-abismo, que não são encontradas em nenhum outro lugar do planeta.

Falando em nomes, fui ao dicionário para descobrir a origem do nome do arquipélago. A palavra portuguesa *alcatraz* veio do árabe *al-gattâs*, que quer dizer "mergulhão", "mergulhador". Os portugueses, que conviveram com os árabes por vários séculos na península Ibérica e no mar Mediterrâneo, tomaram a palavra e transformaram *al-gattâs* em *alcatraz*, batizando assim uma ave marinha muito simpática que se reproduz aos milhares nas lajes do arquipélago.

Curiosamente, do português, a palavra *alcatraz* migrou para outras línguas. Foi dar *albatross*, no inglês, e *albatros*, no francês, que acabaram voando de volta para o português como *albatroz*, um outro tipo de ave oceânica —

o que mostra que as palavras, assim como as aves, podem construir ninhos em vários lugares. No hemisfério Norte, ela deu nome à mais famosa prisão dos Estados Unidos, a penitenciária de Alcatraz — hoje um parque nacional —, que foi instalada justamente na Isla de los Alcatraces, assim batizada pelo explorador espanhol Juan Manuel de Ayala, em 1775.

Hoje o alcatraz (cujo nome científico é *Sula leucogaster*) é mais conhecido como atobá, palavra de origem tupi que, segundo alguns, quer dizer "o que sobrevive". De fato, em Alcatrazes, ele tem que disputar seu espaço com muitas outras aves, entre elas uma quantidade enorme de fragatas (*Fregata magnificens*), cuja população é tão grande que só ali, nas rochas do arquipélago, é o dobro da existente em todo o Caribe.

Mas não é só às aves marinhas que Alcatrazes dá abrigo. Com certeza, no instante em que o fotógrafo ajustou o enquadramento e disparou o obturador, uma vida intensa e secreta circulava, debaixo d'água, em torno dessas ilhas: centenas ou milhares de peixes, polvos, golfinhos, arraias, ouriços e outros animais *estão ali*, mas não podem ser vistos. Isso diz muito do trabalho de um fotógrafo, que faz suas escolhas sempre no limite entre o visível e o invisível. Entre o que pode ser visto, capturado, impresso e reimpresso — e o que está lá, mas não pode ser reproduzido.

Linhas acima eu escrevi que não havia nenhuma figura humana nessa foto. Mas, pensando bem, isso é verdade apenas em parte. Na própria existência da fotografia, no corte que ela faz da realidade, há uma escolha humana. Observando melhor, percebo que o fotógrafo não enquadrou Alcatrazes contra um fundo de mar e céu infinitos. Ao contrário, atravessando a foto da esquerda para a direita, está a linha da costa. É como se o fotógrafo nos dissesse que essas ilhas não pertencem exclusivamente ao mar, mas também fazem parte de uma geografia física e humana muito particular. Geografia que tem como elemento central a figura do *caiçara*.

9

A primeira visão real que tive de um caiçara foi num dia de verão de 1981, na praia da Galheta, em Florianópolis. Eu estava sentado no alto de umas pedras no canto esquerdo da praia, e tinha uma boa visão do mar, do céu e da areia apinhada de gente que corria e brincava ou simplesmente se deixava estar, de olhos fechados, curtindo o calor — turistas, como eu, querendo aproveitar ao máximo o dia de sol em Santa Catarina.

De repente, notei um homenzinho no fundo da praia. De chapéu, sandálias, calça comprida e camisa abotoada até os punhos, ele saiu de trás de um morro e cruzou o espaço ali onde a areia se mistura com o jundu. Naquele dia ensolarado, diante da imensidão da natureza escancarada à minha frente, aquela figurinha diminuta de pescador seguia seu caminho coberta dos pés à cabeça. No mesmo instante eu percebi que entre aquele homem e a natureza havia se estabelecido uma espécie de entendimento mudo, um modo de contato e de exposição muito mais secreto, forte e eficaz do que todas as estrepolias que nós, banhistas em férias, jamais poderíamos inventar.

Isso aconteceu anos antes de me deparar com os camponeses dos Andes. Observar a figura de um caiçara atravessando um canto de praia me alertou para um sentimento que era novo para mim, e que mais tarde compreendi como o sentimento de *pertencimento* de um homem a um lugar.

Passaram-se mais alguns anos até que eu pudesse observar de perto os modos de pensar e agir de um caiçara. No final da década de 80, fui apresentado a Benvindo Eduardo dos Santos, morador da vila de Barra do Una, município de São Sebastião, no litoral norte do estado de São Paulo. Já afastado das atividades da pesca e do cultivo, Benvindo era então caseiro de uma casa de veraneio que, na época, minha mulher e eu frequentávamos assiduamente.

Pelo menos duas vezes por dia, de manhã e no final da tarde, ele aparecia diante da casa para varrer o terreno. Recolhia folhas, frutas e galhos secos; de vez em quando se abaixava para arrancar as ervas daninhas. Muitas vezes no meio da varrição fazia uma pausa e — como se fosse um trabalhador rural descansando no cabo da enxada —

parecia transferir o peso do corpo para a ferramenta de trabalho. Nessa hora, as ilhas que estivessem visíveis no horizonte viravam pretexto de conversa. Diante de nossa curiosidade, Benvindo aludia à fartura de peixes em Alcatrazes, aos paredões de pedra que davam proteção aos barcos durante as tempestades, e podia mesmo arriscar a previsão do tempo conforme as condições de visibilidade do arquipélago no final da tarde.

De modo geral, o início da conversa era quase sempre lacônico, cauteloso. Na verdade, um fio de conversa que minha mulher e eu procurávamos esticar, emendando assunto, puxando perguntas, até que, estabelecida a conexão, um de nós oferecia uma cerveja e a conversa podia então transcorrer sem tempo. Benvindo tinha mil histórias. Vivia, e penso que vive ainda, num mundo atravessado por afetos, alianças e desalianças entre homens, bichos, plantas e outros seres, dispostos em hierarquia. Falava, por exemplo, de plantas invejosas, que não podiam crescer em vizinhança, pois "uma roubava a cor da outra". Contava do tico-tico, que era um passarinho reconhecidamente mais nobre que o pardal, pois o primeiro apagara as pegadas de Cristo para que este não fosse descoberto por seus perseguidores, enquanto o pardalzinho viera logo depois, desfazendo o serviço e descobrindo as pegadas.

De todas as suas histórias, há uma que me impressionou demais. Certo dia, no meio da conversa, Benvindo atalhou: "Você sabe que os peixes cantam...". "Como é?" Ele explicou: “Você vai ao mar, na canoa, deixa a pá do remo no fundo da água e leva a outra ponta do remo no ouvido para ouvir os peixes... Aí você ouve...”. E começou a imitar o canto de vários peixes, produzindo sons muito diferentes, sem se repetir. Eu e minha mulher provocávamos: “E a pescada, como é?”. Benvindo fazia “*priii-priii-priii...*”. “E a corvina?” Ele respondia com um ronco abafado. “E o badejo? E a tainha? E o parati? E a manjuba...?” Já estávamos esgotando a nossa lista de peixes quando ele respondeu muito sério: “Ah, esse é mudo; esse não canta”.

Fiquei encantado com a imaginação de Benvindo, mas certo de que aquilo não passava de conversa de pescador. Qual não foi minha surpresa quando, meses depois, ao consultar um livro de biologia marinha encontrei a seguinte passagem:

> É sabido que os mares rasos, nas proximidades da costa, às vezes estão repletos de sons. Aristóteles tinha consciência de que alguns peixes “produzem algo como uma voz, alguns atritando o arco das guelras; outros, movimentando os intestinos em sua cavidade. Cada um desses peixes contém ar, e é pelo atrito e movimentação do ar que o som é produzido”. Diz-se que Leonardo da Vinci teria ouvido sons subaquáticos encostando o cabo de um remo na orelha e a pá na água, algo que os pescadores da Índia fazem hoje em dia para ouvir os cardumes. (N. B. Marshall, *Aspects of deep sea biology*, 1954).

Dessa vez, fiquei profundamente comovido. Que poderosa corrente submersa era essa que fazia de um pescador septuagenário de Barra do Una, que passou a maior parte de sua vida longe de qualquer cidade grande, o depositário de um conhecimento vital que passa pelo Mediterrâneo, passa por Leonardo da Vinci e é compartilhado por pescadores do oceano Índico?

Benvindo é um caiçara. Quer dizer, é integrante de uma cultura que começou a se formar já no século XVI com o início da exploração da América portuguesa, e que incorpora, em doses diferentes, elementos da cultura europeia, das culturas indígenas e, em menor escala, do aporte africano. Uma cultura rústica, de transmissão oral, que desenvolveu sistemas próprios de interpretação do mundo e da natureza; acumulou um riquíssimo acervo de conhecimentos sobre a flora e a fauna da região; e elaborou um universo simbólico característico, expresso em cantos, crenças, festas, instrumentos, atividades e provérbios.

Ocupando uma faixa litorânea que vai do Rio de Janeiro ao norte de Santa Catarina, a cultura caiçara se formou segundo ritmos muito peculiares, na contramão dos ciclos de desenvolvimento econômico. Quando os habitantes do litoral eram incorporados como mão de obra por algum centro temporariamente próspero, como Paranaguá, Iguape, Santos, São Sebastião, Ubatuba ou Rio de Janeiro, os laços de cultura local se enfraqueciam. Nos momentos de decadência ou inatividade econômica —

recorrentes na história do litoral brasileiro —, eles retornavam a formas de sobrevivência ancestrais, baseadas na agricultura itinerante, no extrativismo vegetal, no artesanato, na caça e na pesca, tanto em mar aberto como em rios, estuários e lagoas.

O modo de vida caiçara sofreu pouquíssimas alterações até meados do século XX. No início da década de 60, com novas estradas de rodagem ligando o planalto ao litoral, as praias tornaram-se uma opção de lazer para os moradores das grandes cidades e as coisas mudaram drasticamente. Einar Kok, um dos primeiros a construir uma casa de veraneio em Barra do Una, deixou registrado em seu livro de memórias:

> A chegada dos forasteiros marcou o crepúsculo da vida caiçara. A enorme quantidade e as corridas de canoas; a pesca artesanal; a espreita dos cardumes de tainhas, que subiam o rio Una, ou de cardumes no mar, com o mestre e sua buzina convocando a população; o engenho de farinha de mandioca no sertão do Juqueí; o peixe seco na praia; tudo isso desapareceu por completo, sem falar dos instrumentos musicais de madeira branca, fabricados artesanalmente, que eram tocados em bandas que visitavam as casas e percorriam as ruas nas festas de Reis e do Divino Espírito Santo, cantando as modas tradicionais.

Benvindo Eduardo dos Santos, que ao longo da vida foi pescador, caçador, trabalhador em fazendas de banana, homem de pequenos reparos, hábil na construção civil, tornou-se caseiro de uma casa de veraneio à beira-mar. Foi nessa época que o conheci, até que a propriedade foi vendida e nosso vínculo, bruscamente interrompido.

O poema de Carlos Drummond de Andrade diz: "a natureza são duas". Eu gosto de pensar que são mais de duas — e Benvindo encarna para mim essa outra possibilidade de natureza. Uma em que o homem não se encontra de todo excluído do mundo natural, mas dele participa. Se natureza quer dizer "o que nasce", um dos trabalhos do homem pode muito bem ser o de ajudá-la a nascer, a continuar nascendo.

10

Sei que este ensaio deu muitas voltas, e correu seus riscos, pois tratou de matérias que não conheço com o rigor que a ciência exige. Mas sei também que ilhas costumam ficar longe da costa e, para fazer jus a uma ilha, às vezes é preciso se expor ao perigo e falar até sobre o que se desconhece.

Desde criança me espanta o fato de o verbo *explorar* ter pelo menos dois sentidos em português. O primeiro é o de "observar com atenção, descobrir, conhecer"; o segundo, "tirar proveito, extrair riqueza". Tanto a língua inglesa como a francesa têm palavras distintas para esses dois sentidos: *to explore* e *to exploit*, na primeira; *explorer* e *exploiter*, na segunda.

Imagino que em português os dois sentidos se reuniram numa palavra só porque, a partir do século XVI, quando essa palavra entrou em circulação na nossa língua, toda a exploração do Novo Mundo — isto é, toda descoberta e todo conhecimento — se fez, prioritariamente, com o objetivo de tirar proveito, extrair riqueza, custasse o que custasse.

Hoje, que o planeta dá tantos sinais de sufoco, não vamos repetir o gesto arrogante e ridículo dos conquistadores que, diante de uma natureza nunca vista, dela tomavam posse em nome da Coroa. Que coroa? Que realeza pode existir maior do que a própria realidade, com suas vias tão diversas, mais largas e abertas do que a mais desvairada imaginação?

Serras, praias, ilhas e costões desertos são cada vez mais raros — porém ainda existem e é importante que continuem assim. Nem toda riqueza precisa ser explorada até o fim. Nem toda ilha, ocupada. À medida que deixo a adolescência para trás, me dou conta de que muitas coisas ocupam um lugar na ordem humana permanecendo inteiramente inumanas, fora de nosso alcance. Desse modo elas servem de referência ao que não somos e nos devolvem a nossa dimensão mais adequada: de parte, e não totalidade, da vida. Mas nem por isso menos curiosos e inquietos — como aquele homenzinho que atravessava o calçadão da praia há quase cinquenta anos e ainda hoje olha para mim dentro das páginas de um livro.

NOTA

O autor agradece a Alfredo Bosi, Einar Kok, Elisa Bracher, Fausto Pires de Campos e Gô Kok, que, de um modo ou de outro, participaram desse texto.

A ilha dos Alcatrazes está hoje sob jurisdição da Marinha, que a utiliza periodicamente como alvo para exercícios de tiro. Outras ilhas do arquipélago constituem a Estação Ecológica Tupinambás do Instituto Chico Mendes. Pela riqueza da vida marinha e a singularidade da flora e fauna, entidades da sociedade civil e setores do governo defendem a criação do Parque Nacional Marinho do arquipélago dos Alcatrazes, para lutar por sua preservação e pelo desenvolvimento da pesquisa.

Vista Chinesa, Rio de Janeiro, 1991. Fotografia de Pedro Vasquez

De vistas, de chineses, da floresta e da fotografia

Pedro Vasquez

A porta abriu-se violentamente,
e a viajante entrou, e parou no limiar,
ainda deslumbrada e cega pelo contraste
entre a penumbra da sala e a luz da rua.

Cornélio Penna

VIDA E FOTOGRAFIA

É possível fazer fotografia sem câmara e sem filme, organizando arranjos com objetos diversos sobre o papel fotográfico no laboratório. São os chamados fotogramas. Esse foi o primeiro tipo de imagem que o inventor inglês William Henry Fox Talbot fez, nos anos 1830, pondo folhas e flores sobre pedaços de couro ou de papel sensibilizados à luz com sais de prata. Um século mais tarde, o fotógrafo e pintor surrealista Man Ray aperfeiçoou a técnica do fotograma e, numa esperta jogada de marketing pessoal, rebatizou essas imagens de *rayographs*.

Agora podemos criar imagens sem câmara direto no computador, brincando com os múltiplos recursos dos programas de tratamento de imagens ou fotografando objetos diretamente com o escâner, que é um tipo de máquina fotográfica, como as fotocopiadoras (máquinas de xerox) também são. É possível também escanear flores e folhas e até mesmo o próprio corpo, se você se achar tão maravilhoso assim. Só é preciso tomar cuidado com os olhos, pois o laser do escâner é prejudicial à vista, e em nenhuma hipótese se deve escanear ou xerocar o rosto de olhos abertos. (Para conhecer um belíssimo trabalho de *scanner photography*, o de Katinka Matison, vejam: www.katinkamatison.com.)

Na década de 1970, alguns artistas ligados ao movimento da Arte Postal usaram a xerox para fazer arte e se xerocaram dos pés à cabeça. Esse é um daqueles casos em que é preciso advertir: *não repita isso em casa*. É bem verdade que quase ninguém tem fotocopiadora em casa, mas pode pensar em fazer isso com o escâner e a lambança vai ser igual. Quando trabalhava na série Exercícios de Me Ver, no início da década de 1980, o artista Hudinilson Júnior chegou a quebrar o vidro de uma máquina de xerox. Aconteceu na Pinacoteca do Estado de São Paulo, que havia liberado uma fotocopiadora para uso dos artistas plásticos; ele sentou na placa e — plac! — lá se foi o vidro...

A sabedoria popular ensina que a vida é bela, e a maioria das fotos é feita justamente para celebrar e conservar a imagem das pessoas, dos animais, das cenas e das paisagens que amamos. Contudo, a vida não é apenas bela e, como os discos de vinil, também tem seu lado B, nem tão bonito, nem tão feliz. Assim, existem aqueles que fotografam as coisas erradas para ajudar a mudá-las. Quem costuma se encarregar desse serviço pesado são os fotojornalistas, que arriscam as próprias vidas para denunciar a crueldade da guerra, o absurdo da violência urbana ou dos abusos do poder e outras situações igualmente condenáveis. James Nachtwey sintetizou em seu site o pensamento desses fotógrafos ao afirmar: “Eu fui uma testemunha e este é o meu testemunho. Os eventos que fotografei não devem ser esquecidos e não devem se repetir”. Hoje em dia — com as câmaras digitais e os telefones celulares —, qualquer um de nós pode dar uma mãozinha para melhorar o mundo, clicando tudo que vir de errado e mandando para o jornal. É uma tendência tão crescente que tem até nome: jornalismo cidadão.

Na era moderna, não há vida sem fotografia, pois você só comprova ser você mesmo se tiver seu retrato na carteira de estudante, na carteira de identidade, na carteira de motorista, no passaporte ou no crachá da empresa. Em resumo: sem fotografia não há vida inteligente. O mais curioso é que nosso relacionamento com a fotografia, ou a imagem técnica como um todo, começa antes mesmo do nascimento, quando somos fotografados dentro da barriga materna por meio da ultrassonografia, imagem de abertura de qualquer álbum de retrato contemporâneo. A vida contemporânea é uma longa sucessão de sessões de poses, numa versão ilustrada daquilo que os antigos chamavam de Livro da Vida, em que eram anotadas todas as nossas ações, boas ou más, um resumo de nossa existência. A coisa ainda é assim, só que desde o anúncio oficial da invenção da daguerreotipia, em 19 de agosto de 1839, existe uma combinação de imagem e texto numa versão ilustrada do Livro da Vida, mais prática e atraente.

EVOCAÇÃO DE UMA FOTOGRAFIA: A VISTA CHINESA

Toda fotografia é um portal aberto para outra dimensão: o passado. A câmara fotográfica é uma verdadeira máquina do tempo, transformando o que é naquilo que já não é mais, porque o que temos diante dos olhos é transmudado imediatamente em passado no momento do clique. Costumamos dizer que a fotografia congela o tempo, preservando um momento passageiro para toda a eternidade, e isso não deixa de ser verdade. Todavia, existe algo que descongela essa imagem: nosso olhar. Em francês, imagem e magia contêm as mesmas cinco letras: *image* e *magie*. Assim fica fácil perceber que uma coisa é igual à outra. Toda imagem é magia, e nosso olhar é a varinha de condão, o abracadabra, o abre-te, sésamo que descongela o instante aprisionado nas geleiras eternas do tempo fotográfico.

Vejam essa fotografia que tirei na Vista Chinesa em 1991. Sempre que a vejo sou transportado para aquele ano especial que parece não ter começo nem fim, posto que o número que o representa é o mesmo de frente para trás e de trás para frente: 1991. É algo estranho e encantador, como as palavras que também são as mesmas quando lidas ao contrário: asa, ama, arara, ele, rever, radar, mirim, reler... São chamadas de palíndromos, que por si só já é uma palavra mágica. Não sei por quê, mas ela lembra pentimento, que por sua vez lembra condimento, que leva a descobrimento, que remete ao Oriente, ao Caminho das Índias, à China de Marco Polo e, assim, de volta à Vista Chinesa. Antes de tudo é preciso esclarecer que a garota da foto não tem nada de chinesa, pois, como diz a canção, "ela é carioca, ela é carioca, ela é carioca". Só que não dá para ver o jeitinho que ela tem, porque a foto foi tirada em contraluz. Mas isso não importa, pois essa não é uma foto de gente, não é um retrato, é uma vista, uma vista da Vista Chinesa em que não se vê o que dela se avista e sim apenas o pagode que dá nome ao mirante. Recortado assim contra o céu brilhante, esse pavilhão parece ser de bambu, como muitos que existem na China, porém é de cimento. Fotografia é assim, tudo parece ser uma coisa que não é, e mesmo aquilo que é fica parecendo ser outra coisa. Aliás, a graça toda do processo é esta: pegar o que se vê para sugerir aquilo que apenas pode ser imaginado.

Como eu já disse, a Vista Chinesa fica na floresta da Tijuca, festejada como a "maior floresta urbana do mundo", pois o Rio foi crescendo ao redor dela e agora a cidade cerca a floresta por todos os lados, de tal forma que é possível ir do Centro para a Zona Sul e de lá à Zona Norte passando pelo meio da floresta da Tijuca. É um atalho que acaba virando um desvio, pois a subida é grande, já que a floresta fica no maciço da Tijuca, onde há o pico do Corcovado (com a estátua do Cristo Redentor) e o alto do Sumaré (com as torres de televisão). Só que, na época em que os chineses aqui chegaram, não havia nem televisão, nem Cristo Redentor. Só havia café, porque boas porções da floresta foram derrubadas para o plantio do fruto, e até aquele célebre pintor francês que rima com café, o Taunay, plantava café por lá. Olhando assim ninguém diz, mas a pronúncia do nome é "Tôné", que aí sim rima com café. A propriedade dele ficava perto de uma cachoeira que levou o nome dele: cascatinha Taunay, que os cariocas preferem chamar de cascatinha da Tijuca.

Evidentemente os chineses não têm nada a ver com café e a essa altura você já deve estar pensando que me perdi numa das sinuosas trilhas da floresta da Tijuca como um desses turistas desavisados (cerca de cem por ano!) que passam dias perdidos na mata antes de serem resgatados pelo Corpo de Bombeiros. Nada disso, pois, assim como os do Chapolin Colorado, "meus movimentos são friamente calculados", o que você já deveria ter suspeitado desde o princípio... Quem também calculava friamente os movimentos era d. João VI. E, entre as muitas instituições que ele criou no Brasil na época em que aqui viveu (de 1808 a 1821), figura o Jardim Botânico, um lugar lindo, amplo e sossegado que constitui até hoje um dos melhores passeios do Rio de Janeiro. Só que, ao criá-lo, d. João VI não estava pensando apenas nos namorados, nos poetas, nas jovens mães ou nos observadores de pássaros, mesmo porque isso ainda não era moda naquela época. Seu principal objetivo era científico: o plantio racional de espécimes vegetais, seu estudo e a aclimatação de plantas de outros países.

Foi por isso que os chineses vieram para cá: foram trazidos para plantar chá, cujo cultivo dominavam havia séculos. Os responsáveis por esse projeto foram o conde de Linhares (Francisco de Sousa Coutinho Teixeira de Andrade Barbosa) e o conde da Barca (António de Araújo e Azevedo), então ministro dos Negócios Estrangeiros e da Guerra. Eles trouxeram trezentos plantadores de chá da província de Hubei para o Rio de Janeiro em 1812, para trabalhar na fazenda que daria origem ao Jardim Botânico. O projeto tinha tudo para dar certo, como mais uma das boas ideias de d. João VI, só que na vida real nem sempre os mais belos projetos dão os melhores resultados, e esse foi justamente um daqueles que acabaram mal. Há quem pense que acabou malíssimo, com todos os plantadores de chá se suicidando. Não sei qual foi o desocupado que inventou essa história, mas confesso que até eu caí nessa e cheguei a ficar melancólico contemplando o Rio ali da Vista Chinesa e pensando naquele monte de chineses suicidas. Em minha tristeza, já imaginava grupos inteiros pulando dali de cima mesmo e pensava que o pavilhão fora edificado em memória desses infelizes.

Ocorre que quase nada é como a gente pensa que é, de modo que o pavilhão conhecido como Vista Chinesa foi erigido na administração do prefeito Pereira Passos, em 1903, com projeto do arquiteto Luis Rey em evocação a uma antiga construção daquela área popularmente conhecida como Casa dos Chinas, pois de fato vários deles moraram ali, tendo inclusive ajudado a construir a estrada que ligava o Jardim Botânico ao Alto da Boa Vista. A estrada mais tarde permitiu os passeios de d. Pedro II, que gostava de "piquenicar" num local um pouco mais acima, a Mesa do Imperador.

Descobri depois que o mito dos *coolies* (como eram chamados os trabalhadores chineses, praticamente escravos) suicidas não tem o menor fundamento, e fiquei aliviado em saber que isso não passava de lenda, pois assim posso voltar à Vista Chinesa sem ser assombrado pela visão dos *coolies* suicidas saltando no abismo. É um lugar muito especial, de onde, se você se colocar no lugar da garota da foto, poderá descortinar boa parte da Zona Sul do Rio, a baía de Guanabara, com Niterói do outro lado e o oceano Atlântico se estendendo depois da muralha natural do Pão de Açúcar, verdadeira sentinela da entrada da barra. Isso para quem olha para a esquerda. Para o outro lado é possível ver São Conrado e quase toda a Barra da Tijuca. Ao redor da Vista Chinesa se desdobra a floresta da Tijuca, remanescente da mata atlântica. É tudo muito bonito, e não é preciso pensar nos chineses para se deslumbrar com a beleza de uma das paisagens mais badaladas do mundo, mas nunca é demais lembrar, já que a História é a evocação científica daquilo que se foi. É um pouco o contrário da fotografia, que parte do visível para lançar uma ponte sobre o invisível. Por isso História e Fotografia estão sempre se cruzando em algum ponto sobre o abismo do esquecimento, e nesse cruzamento se forma uma base sólida na qual é possível assentar os pilares da ponte que liga o passado ao futuro: o presente.

Tenho certeza de que, estando ali e vendo aquela esplêndida floresta se desdobrando por todos os lados, vocês sentirão o coração palpitando com o pensamento de que está contemplando um pedacinho da natureza brasileira igualzinho ao dos tempos primevos, quando o Brasil ainda não existia e os primeiros habitantes desta terra a chamavam de Pindorama. Só que estarão redondamente enganados, pois a floresta da Tijuca pode reivindicar o título de maior floresta urbana do mundo, mas não de floresta primária, mata virgem, floresta clímax ou floresta intocada. Isso porque ela foi extensamente replantada no Segundo Reinado (o tempo de d. Pedro II, que reinou entre 1840 e 1889), por iniciativa do próprio imperador, num dos esforços pioneiros de ação ecológica.

Vocês se lembram do comentário acerca do plantio de café na área da floresta da Tijuca? A verdade é que uma enorme área foi desmatada, o que chegou a provocar problemas de abastecimento de água no Rio de Janeiro. Assim, em 1861, d. Pedro II pediu que o major Manuel Gomes Archer (dono de um sítio em Guaratiba, no caminho de Cabuçu) salvasse a floresta da Tijuca. Foi o que ele fez, com ajuda de apenas seis escravos, tratados como homens livres, e, numa segunda etapa, com 22 trabalhadores assalariados. Vou deixar que Raymundo Ottoni de Castro Maya conte essa história — que se encontra no livro *A floresta da Tijuca*, publicado pela Bloch em 1967 —, e depois explicarei o porquê:

> O reflorestamento a cargo do major ocupou treze anos. No decorrer desse período foram plantadas acima de 100 mil árvores, trazidas do sítio do Cabuçu. A seleção e o agrupamento não obedeceram a um plano definido; como podemos apreciar hoje, somente os eucaliptos foram dispostos em aleia à margem dos caminhos; as demais espécies estão misturadas. Aqui e ali há grupos de cambucazeiros, que também gozavam das preferências do major. Seja como for, cobriu ele quase todas as terras da bacia do Cachoeira com várias essências e reproduziu, pelas mãos dedicadas dos seus auxiliares, a floresta que tanto havia encantado José Alves Maciel. Entre outros, lá estão hoje, a atestar sua continuada atenção, o ipê, a

urucurana, a sapucaia, os cedros, o pau-brasil, a peroba, o pau-ferro, o vinhático, a canela, o angico e a maria--preta, além das árvores frutíferas, jabuticabeiras, cambucazeiros, jaqueiras, etc.

Em 1874 Archer afastava-se da Tijuca por ter sido incumbido de similar reflorestamento em Petrópolis.

Esse trecho deixa bem claro que boa parte da atual floresta da Tijuca foi reconstruída, reinterpretada pelo homem. Vale lembrar que, entre 1874 e 1888, o barão Gastão de Escragnolle deu continuidade ao reflorestamento, plantando mais 30 mil mudas. Por outro lado, não podemos nos esquecer de Raymundo Ottoni de Castro Maya, rico industrial, mecenas e colecionador de arte, que também recompôs a floresta da Tijuca nos anos de 1943 e 1944, delineando trilhas e efetuando numerosos melhoramentos na região para adequá-la ao lazer em comunhão com a natureza, antecipando o que hoje chamamos de turismo ecológico. Entre suas inovações, merecem destaque: a ampliação da praça da Cascatinha, com a criação de uma ponte, de um belvedere de grades ao lado da cascata e a instalação de um painel de azulejos com o mapa das diversas trilhas próprias para caminhadas e passeios; a reconstrução da Capela do Mayrink e a instalação de pinturas de Candido Portinari no local; a reconstrução da casa do barão de Escragnolle, adaptando-a para a criação do restaurante Os Esquilos; a remodelação do sítio Bom Retiro, com instalação de um bar para servir aos turistas; a remodelação da gruta Paulo e Virgínia; a construção do açude da Solidão pelo paisagista Roberto Burle Marx, também encarregado da criação do lago das Fadas; a reconstrução da casa onde hoje funciona o restaurante Floresta; a construção do portão projetado pelo arquiteto Vladimir Alves de Souza, e por aí vai... O mais interessante é que Raymundo Ottoni de Castro Maya fez tudo isso de graça. Como retribuição ao seu esforço, o presidente Getúlio Vargas mandou cunhar uma medalha de ouro em seu louvor, "representando a remuneração simbólica de um cruzeiro por ano".

VIAGEM OU DEVANEIO CONSTRUTIVO?

Sei que podem pensar que exagerei, viajando muito em cima de uma fotinho de nada que mostra apenas o pagode da Vista Chinesa e ainda por cima em contraluz! Mas é como eu disse antes: uma foto é um portal para o passado. Porém, como o tempo não existe de forma linear, quando viajamos para o passado acabamos nos movendo em círculos e chegando ao futuro também, além de ingressarmos numa dimensão em que as memórias individuais se misturam com as coletivas, nos fazendo sentir saudades do que não conhecemos e antevendo um futuro que jamais existirá. Toda fotografia é um espelho de

Alice e cada pessoa que mergulha nesse espelho de papel sai numa dimensão diferente e vivencia experiências diversas, pois o lado de lá é como o albergue espanhol do ditado: cada um só encontra nele o que trouxe consigo. Além disso, o significado de uma imagem muda com o passar do tempo, até para o mesmo observador. Isso porque vivemos experiências ou acumulamos conhecimentos que fazem com que o entendimento das coisas se modifique. É parecido com o que ocorre com quem ouve uma canção em um idioma desconhecido: só pode apreciar o ritmo e a melodia, sem ter a mínima ideia a respeito da mensagem veiculada pela letra. Ao passo que um músico é capaz de perceber dimensões sonoras inteiramente insuspeitas para os leigos, da mesma forma que o fotógrafo lê as imagens fotográficas de modo diferente daqueles que desconhecem a sintaxe da fotografia, "a escrita da luz".

No meu caso específico — parafraseando Leonardo da Vinci —, eu diria que a fotografia *è cosa mentale*, pois não costumo sair com a câmara a tiracolo à espreita de situações interessantes para fotografar, no estilo dos *street photographers* (fotógrafos de rua). Normalmente parto de uma ideia central, faço uma pesquisa prévia em livros e na internet e depois vou produzindo ou captando as imagens necessárias para compor a série. Não sou, nem pretendo ser, um paisagista, de modo que as diversas séries que dediquei às cidades do Rio de Janeiro e

Niterói as focalizaram sob o prisma da produção cultural local. Comecei com uma exposição sobre a orla marítima de Niterói inspirada no trabalho dos integrantes do Grupo Grimm, precursores da pintura ao ar livre no Brasil. Depois fiz séries sobre o Rio tal como presente na vida e na obra dos escritores Machado de Assis e Clarice Lispector, ou como registrado pelo fotógrafo Marc Ferrez no século XIX. Outra exposição que também tinha caráter comparativo como essa última foi a que fiz sobre a lagoa Rodrigo de Freitas, fotografando-a dos mesmos pontos de vista utilizados por grandes pintores do passado para denunciar a diminuição de seu espelho-d'água, já que essa mostra se enquadrava num movimento popular pelo tombamento da lagoa.

Assim, quando resolvi fazer a série sobre a floresta da Tijuca (que resultou numa exposição individual e num livro com outros cinco autores), não pensei um instante sequer em fotografá-la do ponto de vista ecológico. Aliás, nem poderia, já que não possuo a técnica nem o equipamento necessário para tanto, e a boa fotografia de natureza é uma especialidade difícil, que requer anos de treinamento e dedicação. O que pretendia era focalizar a floresta como fenômeno cultural, registrando sua progressiva utilização como área de lazer, desde os tempos do Império (com os passeios de d. Pedro II), da Primeira República (com as melhorias feitas pelo prefeito Pereira Passos), e, sobretudo, da Era Vargas (com sua organização definitiva por Raymundo Ottoni de Castro Maya). Portanto, não me detive na fauna e na flora — embora ambas sejam deslumbrantes —, concentrando-me ao contrário nas intervenções realizadas pelo ser humano na floresta da Tijuca: as trilhas, o açude da Solidão, o lago das Fadas, a Mesa do Imperador e as diferentes áreas para piquenique ou para contemplação da paisagem, entre as quais o mirante da Vista Chinesa.

A opção pelo contraluz foi quase obrigatória nesse caso, já que o pagode não tem paredes e sua estrutura sombria se recorta diante do fundo claro do céu. A presença do elemento humano visava reiterar o fato de que o mais importante para mim não era a construção em si — ou seja, que não se tratava de uma fotografia de arquitetura —, e sim o uso desse local como mirante revestido de certa aura romântica e passadista.

UM POUCO DE TÉCNICA

A fotografia é filha da ciência. É uma combinação de princípios de física e de química: o conhecimento das questões de óptica com o da sensibilidade dos sais de prata à luz. Assim, para que não digam que só falei de flores, comentarei alguns dados técnicos relativos à foto da Vista Chinesa. Vamos lá: a câmara usada era a boa e velha Nikon F2, que já era antiga na época da foto e hoje é peça de museu. Pesadona e poderosa, a F2 foi uma câmara que usei durante mais de vinte anos sem qualquer tipo de problema. A lente usada foi uma 28. O certo seria dizer: a objetiva empregada foi uma grande-angular de 28 mm, já que 28 é apenas um número e, além disso, se pensássemos em termos estritos, não seria correto chamar objetiva de lente, tendo em vista que uma objetiva moderna sempre é composta por um conjunto de lentes com funções complementares. Contudo, nunca conheci um fotógrafo que se expressasse dessa forma, já que não é preciso ser explícito ou detalhista entre pessoas que sabem do que você está falando. O filme foi um Tri-X. Um filme PB (preto e branco) da Kodak, de 400 ASA. Há quem seja generoso em excesso e conceda 400 "asas" para o Tri-X, mas ele tem apenas uma ASA, assim mesmo em maiúsculas, pois se trata da sigla da American Standards Association. O número ASA define a sensibilidade do filme à luz. Os filmes alemães eram identificados por números DIN, de Deutsches Institut für Normung. Agora, em tempos de globalização, sumiram tanto os números ASA quanto os DIN e os GOST (da antiga União Soviética), pois foram todos substituídos pelos números ISO, definidos pela International Organization for Standartization.

Quem já nasceu na era da imagem digital não sabe a sorte que tem: é só sair por aí apertando o disparador sem se preocupar com nada, pois as câmaras têm autonomia igual ou superior à de dez antigos filmes de 36 poses, e você faz tudo isso de graça, só gastando dinheiro na hora de imprimir. Antigamente a situação era outra e uma das maiores preocupações do fotógrafo era o preço do filme, tanto que em determinado momento da minha vida eu só pensava em termos de Tri-X. Se alguém me convidava para jantar num bom restaurante ou para uma balada, minha tendência natural era recusar, pois media a proposta com meu índice pessoal de conversão e dizia: "Nem pensar, isso aí vai custar no mínimo uma dúzia de Tri-X". Acabei ficando com a fama de antissocial, mas não era bem isso, eu era apenas excessivamente pró-Tri-X. É aquela história do "cada louco com sua mania". A minha era essa, pois eu não tinha recursos para fazer como o fotógrafo americano Garry Winogrand, que só parava para almoçar depois de ter exposto no mínimo dez filmes. Só que a coisa chegou a tal ponto que nem mesmo ele conseguiu levar essa loucura adiante, de modo que ao morrer, em 1984, Winogrand deixou 2,5 mil rolos de filmes não revelados, 6,5 mil rolos revelados porém sem cópia de contato (uma prova positiva do negativo) e outros 3 mil revelados e contatados, porém não examinados, num total superior a 300 mil imagens não examinadas.

Por que PB e não cor? É uma boa pergunta para a qual não existe uma resposta única, pois essa escolha depende de fatores tanto objetivos quanto subjetivos. Há quem só fotografe em PB e há quem só trabalhe em cor, mas a maioria dos fotógrafos faz ambas as coisas, atendendo, por exemplo, às encomendas profissionais com material cor e desenvolvendo seus ensaios pessoais em PB. Agora, em tempos de transição para o digital, muitos se dividem entre a imagem digital (para os trabalhos de encomenda) e a fotografia clássica para uso pessoal. Nesse particular estou com a maioria bem pensante: vou da cor ao PB e do filme de sais de prata à imagem digital, de acordo com o que o próprio tema indica como sendo mais adequado, pois é como se cada assunto já trouxesse embutida a forma ideal de sua visualização. A vantagem do PB é impor-se claramente como imagem, como interpretação visual do real, e não como uma cópia do real ou uma imagem transparente do tipo "uma janela para o mundo". Uma fotografia em preto e branco não pode ter sua natureza intrínseca de imagem ignorada, pois a primeira coisa que você vê é a imagem em si e só depois aquilo que ela representa. Não é preciso sequer fazer a célebre advertência de René Magritte ao pintar um cachimbo, "*Ceci n'est pas une pipe*" (Isto não é um cachimbo), pois o que você tiver fotografado em preto e branco se posiciona claramente como representação visual e não como a coisa em si. Por outro lado, a fotografia em preto e branco passa certa impressão de atemporalidade que não está ligada apenas ao passado, como acreditam alguns, e sim a um tempo fotográfico para além do tempo cronológico. Tem também uma aura de seriedade e até mesmo de realismo que dificilmente se encontra na fotografia colorida, de modo que a maioria dos *concerned photographers* (fotógrafos engajados) usa o preto e branco para os temas de cunho social. No Brasil o caso mais conhecido é o de Sebastião Salgado, que mesmo tendo trabalhado com fotografia colorida no início da carreira, depois que conseguiu a necessária autonomia para impor suas condições passou a fotografar unicamente em PB. Vocês poderiam imaginar o trabalho de Salgado em cores? Impossível, não é verdade? Isso porque existe perfeita adequação entre tema, estilo, tratamento e mensagem. O que não quer dizer que não se possa fazer boa fotografia engajada em cor, como comprova o já citado James Nachtwey, um dos melhores fotógrafos de guerra de todos os tempos. (Vejam o trabalho de Nachtwey em www.jamesnachtwey.com.)

A ÚLTIMA FOTO

Para finalizar, proponho a vocês um exercício inspirado no livro *Il ne vous reste qu'une photo à prendre* (Você só pode tirar mais uma foto), de Laurent Graff. A história é genial: em Roma, um turista francês é abordado por um personagem misterioso que lhe anuncia que ele só pode tirar uma última foto. Impelido pelo enigmático desafio, o protagonista logo se encontra em meio a um grupo disparatado em que todos estão imbuídos da mesma missão:

fazer a derradeira fotografia de suas vidas. O resto eu não conto...

Vejam como realmente a vida imita a arte. Eu já havia escrito o trecho acima quando chegou a notícia de que a Kodak encarregou Steve McCurry de usar o último rolo de Kodachrome produzido pela empresa. Um caso absoluto e radical de última foto!

McCurry é um dos melhores fotógrafos da atualidade, porém, como é muito discreto, quase ninguém se lembra do seu nome, embora todos se lembrem de uma de suas fotos, verdadeiramente inesquecível, a da menina afegã de olhos verdes. Sharbat Gula foi retratada em 1984 num campo de refugiados em Peshawar, no Paquistão, e se tornou capa da revista *National Geographic* em junho de 1985 — até mesmo quem não era nascido naquele tempo conhece essa foto.

O Kodachrome sempre foi considerado o melhor filme colorido de todos os tempos, de modo que a missão de expor o último rolo só podia mesmo ser confiada a alguém muito especial como Steve McCurry. E o que fez ele com esse último dos últimos rolos de Kodachrome, em julho de 2010? Primeiro tirou umas fotos na própria cidade, Nova York, mostrando a ponte do Brooklyn, a Grand Central Station e Robert de Niro filmando. Depois foi à Índia para documentar cenas da vida ferroviária, uma filmagem em Bollywood, e a tribo nômade dos Ribari, do Rajastão. O filme foi revelado no último laboratório ainda capaz de processá-lo — o Dwayne's Photo, em Parsons, no estado americano do Kansas — e agora será conservado para todo o sempre no International Museum of Photography and Film da George Eastman House, em Rochester. Uma história tão incrível que vai até virar documentário do National Geographic Channel. (Para conhecer o trabalho de McCurry, visite www.stevemccurry.com.)

Agora, finalmente, o exercício: no decorrer desta semana faça sua última foto, de mentirinha, é claro, mas levando o exercício a sério. Só uma foto, apenas um clique, que pode até ser de celular, pouco importa. O importante mesmo é que seja uma só foto, bem pensada, definitiva, como se de fato fosse a última.

Não descarte essa imagem. Faça uma impressão ou uma ampliação e coloque-a num porta-retratos ou no quadro de cortiça ou de metal em que você pendura suas fotos preferidas. De vez em quando olhe para ela de novo: essa foto vai mudar sua vida!

CRÉDITOS DAS FOTOGRAFIAS

P. 10: © Bob Wolfenson.

P. 28: © Paulo Leite.

P. 42: Foto Pierre Verger © Fundação Pierre Verger. Salvador, 1946-53.

P. 64: Imagem (CC 01.009-1)/ Acervo da Casa de Oswaldo Cruz. Departamento de Arquivo e Documentação.

P. 78: José Medeiros/ Acervo Instituto Moreira Salles.

P. 100: Acervo Fundação Biblioteca Nacional — Brasil.

P. 114: Alberto Henschel e Cia/ Coleção D. João de Orleans e Bragança sob guarda no Acervo Instituto Moreira Salles.

PP. 116 e 122: In: Vasquez, Pedro K. *Dom Pedro II e a fotografia*. Rio de Janeiro: Internacional de Seguros, s.d.

P. 127: Coleção d. Pedro Gastão de Orleans e Bragança.

P. 130: Commissão Geographica e Geológica do Estado de S. Paulo. *Exploração do Littoral*. Cidade de Santos à fronteira do estado do Rio de Janeiro.

P. 156: © Pedro Vasquez.

SOBRE OS AUTORES E ORGANIZADORES

ALBERTO MARTINS (Santos, 1958). Escritor e artista plástico, publicou, entre outros, os livros *Poemas* (Duas Cidades, 1990), *Cais* (Editora 34, 2002), *A história dos ossos* (Editora 34, 2005), *Em trânsito* (Companhia das Letras, 2010) e a peça de teatro *Uma noite em cinco atos* (Editora 34, 2009).

ARTHUR NESTROVSKI (Porto Alegre, 1959) é diretor artístico da Orquestra Sinfônica do Estado de São Paulo. Compositor e violonista, lançou, entre outros, os livros *Notas musicais* (Publifolha, 2000) e *Palavra e sombra* (Ateliê, 2009), e os discos *Jobim violão* (2009) e *Chico violão* (2010). Escreveu livros para crianças, incluindo *Histórias de avô e avó*, *O livro da música*, *Viagens para lugares que eu nunca fui* e *Agora eu era* (todos pela Companhia das Letrinhas).

HUMBERTO WERNECK (Belo Horizonte, 1945) é jornalista e escritor. Publicou, entre outros livros, *O desatino da rapaziada* (Companhia das Letras, 1992), *O Santo Sujo — A vida de Jayme Ovalle* (Cosac Naify, 2008), *O pai dos burros — Dicionário de lugares-comuns e frases feitas* (Arquipélago Editorial, 2009) e *O espalhador de passarinhos & outras crônicas* (Dubolsinho, 2010).

LILIA MORITZ SCHWARCZ (São Paulo, 1957) é professora titular no departamento de antropologia da Universidade de São Paulo. Publicou, entre outros livros, *O espetáculo das raças — Cientistas, instituições e questão racial no Brasil do século XIX* (1993), *As barbas do imperador — D. Pedro II, um monarca nos trópicos* (1998), *O sol do*

Brasil — Nicolas-Antoine Taunay e as desventuras dos artistas franceses na corte de d. João (2008), e co-organizou com Lorenzo Mammì o livro *8 x fotografia* (2008), todos pela Companhia das Letras.

MOACYR SCLIAR (Porto Alegre, 1937-2011) escreveu mais de oitenta livros, em vários gêneros, muitos traduzidos, muitos premiados. Parte de sua obra é publicada pela Companhia das Letras. Foi médico, especialista em saúde pública.

NINA HORTA nasceu em Belo Horizonte. Aos cinco anos mudou-se para São Paulo, onde aprendeu a cozinhar. Desde 1987, publica crônicas gastronômicas na *Folha de S.Paulo*. É proprietária do bufê *Ginger* e autora do livro *Não é sopa* (Companhia das Letras, 1995).

PEDRO VASQUEZ (Rio de Janeiro, 1954) fotografa desde os treze anos de idade e já publicou 23 livros sobre temas diversos, incluindo três infantis. Foi responsável pela criação do Instituto Nacional da Fotografia da Funarte e do Departamento de Fotografia, Vídeo & Novas Tecnologias do Museu de Arte Moderna do Rio de Janeiro.

REGINALDO PRANDI, paulista de Potirendaba, é professor titular do departamento de sociologia da Universidade de São Paulo. Entre outros livros, publicou *Mitologia dos orixás* (2000), *Segredos guardados* (2005) e *Morte nos búzios* (2006), todos pela Companhia das Letras. Para o público infantojuvenil publicou na Companhia das Letrinhas: *Ifá, o Adivinho* (2002), *Contos e lendas afro-brasileiros* (2007), *Minha querida assombração* (2003), *Feliz aniversário* (2010), entre outros.

THYAGO NOGUEIRA (São Paulo, 1976). É editor e fotógrafo. Em 2007, expôs no Museu da Imagem e do Som de São Paulo. Trabalha na Companhia das Letras desde 2001.

1ª edição [2011] 1 reimpressão

Esta obra foi composta por Flávia Castanheira em Whitman e Amplitude e impressa pela Geográfica em ofsete sobre papel Paperfect da Suzano Papel e Celulose para a Editora Schwarcz em fevereiro de 2014.

FSC
www.fsc.org
MISTO
Papel produzido a partir de fontes responsáveis
FSC® C019498

A marca FSC® é a garantia de que a madeira utilizada na fabricação do papel deste livro provém de florestas que foram gerenciadas de maneira ambientalmente correta, socialmente justa e economicamente viável, além de outras fontes de origem controlada.